大仙
著

生于一九五九

中国友谊出版公司

图书在版编目（CIP）数据

生于一九五九 / 大仙著. -- 北京 ：中国友谊出版公司，2020.6

ISBN 978-7-5057-4900-9

Ⅰ. ①生… Ⅱ. ①大… Ⅲ. ①散文集－中国－当代 Ⅳ. ①I267

中国版本图书馆CIP数据核字(2020)第075744号

书名 生于一九五九

作者 大仙

出版 中国友谊出版公司

发行 中国友谊出版公司

经销 新华书店

印刷 唐山富达印务有限公司

规格 880×1230毫米 32开

9印张 208千字

版次 2020年11月第1版

印次 2020年11月第1次印刷

书号 ISBN 978-7-5057-4900-9

定价 42.00元

地址 北京市朝阳区西坝河南里17号楼

邮编 100028

电话 (010) 64678009

我们在青郁的日子里，相约日月和岁月。

目　录

CONTENTS

仙去——纪念我的朋友大仙

李承鹏

二十三年前一个昏浊的夜晚，大仙带着一个面黄肌瘦、心事重重的外省青年在三里屯啤酒吧瞎晃瞎喝，他忽然严肃地说："中国足球太脏了，你别跟丫混了。"

那个情景有点像古龙《欢乐英雄》里的高手王动，在教育江湖的一个雏，"江湖太脏了，比秦淮河的洗脚水还脏，你还是回家杀猪吧。"

所以我离开足球是有原因的。只是那时我还不知道。

我跟中国足球又玩了十二年。大仙却早生倦意，像懒而武功奇高的王动，飘得不知去向，多年以来，只遥遥从江湖中嗅到一丝酒味。听说从啤酒转为单一麦芽，又转为啤酒，后来不喝了。

直到昨天传来他走了。

大仙有点古龙的意思，喝酒是为了写字，写字是为了喝更好的酒。长得也像，每回我看到他，都幻觉是一只硕大的羊皮酒囊向我绽开笑脸，热情奔来，说："来，大眼，今儿咱得好好喝一宿。"

那时候，我和大仙喝酒不是以杯或瓶记，是一宿，两宿。有次笔会，我俩喝过三宿，基本没睡。

彼时，我因怼足协被迫离职，没了单位，没了收入，朋友避之不及，每天假装上班以免家人知道……只有大仙为我仗义执言，请《足球报》严老板帮我。

就像古龙说的：这世上随时为我备着一堆酒的，一定是大仙。

那些年，我时常去光明桥他家投宿，外省青年的我对他家一个小橡皮球很感兴趣，就是一个顶灯的感应式开关，捏一下"吱"，灯就亮了，再捏一下"吱"，灯灭了。这太神奇了。我俩喝着酒，聊着翡冷翠、纽卡索和办一张体育报，赚了钱买酒喝，也聊《金瓶梅》、古龙、海子、狗子，灯忽明忽灭，大仙那张胖脸像极一个无穷大的善意世界，依次明亮，循环往复，向我打开。

这次是真灭了，光明桥，没了那张明亮的胖脸。

大仙没正经上过大学，但写过无数名篇，"裁判像发扑克牌一样发着红牌"，"咖啡尚有伴侣，何况你我"，"闷骚就是有礼貌的淫荡"，"人可就一辈子啊，人有多少床被子也只有一辈子"。但他对棋哥说，最满意的是——"为指向你，我的手指不再弯曲！"

你才知道，那只羊皮酒囊内胆，有一枚锋利的标枪。

那时，大仙还没有醉到像崔卫平写的那样：喝多了，爬到了一个肉案子上睡觉，"肉案上有一层大油，大仙得使劲把着肉案两边，才能保持得住平衡"，这是一个力学奇迹。

那时，他还可以和我一起为了打一辆面的，狂追一百米，半道车没油了，我们一起把车推到加油站，差点被当成偷车的。

他还有虚荣，趁去英国采访范志毅时，跑伦敦牛津街逛一整天，淘了一堆大小名牌，整齐地铺在席梦思上，点上一支烟，深邃地念了半句济慈的诗："美，就是真……哥们我现在也穿正牌巴伯瑞了！"

渐渐地，大仙就没那么欢腾了，我怀疑是因为酒。古龙也是。

我的记忆出了些问题，才想起我最后一次见他其实是四年前，成都M99酒吧。他仍爱酒，却喝不了太多，孜哥送了他两瓶极好的单一麦芽，说好过几天去北京喝，他抱着情人一样，欢快地走了。

那两瓶酒，还没到双流机场，他就喝光了。

也许不因为酒，大仙是那个风花雪月时代结出的一枚舍利子，那是北京城流窜着无数才子的时代。

朋友们走着走着，队形就散了，组的酒局热度还够，言不由衷了。

再没有一九九九年冬，张斌、刘建宏、龚晓跃、大仙、毕熙东、老六、贺晓龙等在廊坊一简陋房子开会开到午夜，饿成狗，开着破捷达跑外面找吃的。

那晚上雾很大，城墙似的，有谁一嗓子大喊："有给革命青年来点肉吃的吗？！"热血澎湃，声至墙升，前途清晰。

那一次，大仙写了中国足球唯一一首好歌：《我的世界为你留住春天》：

在你身边

我用情太专

在你背后

我目光流连

往日繁荣温情不胜寒

痴迷心中还是很情愿

……

我们忽然就老了，聚少离多，偶尔碰在朋友圈，点个赞都心懒，彼此看到对方发际线渐渐后退，古怪冒出嫌弃和安慰的混杂念头。

再也看不到轩哥背着村支书的包招呼大家涮肉，棋哥开着奥迪请大家捏脚，龚晓跃用小布尔乔亚优雅文笔书写体育精神，苗炜以三联体控诉晚清时代的足球，老毕铁肩担道义，大仙那一刀不能两断。

数了下，这两年，走了三个。忽然到了一个酒桌上的朋友越喝越少的时候。

我们还没开始年轻，就老得开始参加追悼会了！

大仙说：我活的不是生命，我活在肉中，活在鲜血中，活在女人的喘息中，活在灵魂的激流中。生来就活着，死去还活着。我活着活着，就没了。

我昨晚对老沉说：趁彼此没了之前，多见一面，三杯两盏淡酒，遥想当初傻逼青春的容颜。

1999年，在波特兰，我和大仙深夜喝完酒，一步步走回宿舍，他大声唱着跑调的《铿锵玫瑰》，惊起了漫天飞鸟。

我曾经酒后说过，大仙死后，我为报答知遇之恩，必须亲手为你写墓志铭。

可是，你为什么唱歌这么跑调呢？你跑着跑着，就特么让兄弟们找不着你了？！

谨以济慈诗句献给我的朋友大仙：

此地长眠者，声名水上书。

一　定场诗：清冽的灵魂升起

我生于1114，秋冬交替
秋冬交替，我的内心一路飘离

入冬后的节气
有些低迷
精神表层的叹息
混合着雾气
加深了
心中的焦虑
远去的雁翼
寻着南方的雨滴
我在睡梦里
试图稳住自己

在这寒冷冬季
内心冰天雪地
我用一场烂醉如泥

将诗意和酒意
平息
打开窗子
月亮之泪是我
衰老年华飙升的
酒滴
向着神的领域
飞抵

我生于1114，云在天际
清冽的灵魂升起

2018年11月14日

二　生于一九五九

我对年代有种特殊的感觉，很多概念是由年代来划分的，比如“愤青”是六十年代，“滚青”是七十年代，“文青”是八十年代。我五十年代，什么“青”？那时候最流行的一句话就是：“傻逼青年过马路，鸡屎拉一裤，找张糖纸擦屁股，越擦越黏糊。”

当时，我在文学范畴中第一个主攻的项目是诗歌，我怎么也算个“诗青”，二十年前差点就在798掀起一场“大山子诗歌运动”。或者模仿英国诗人戴维·盖斯科因，组建一个“机场路超现实主义诗歌小组”。后来，跟朦胧诗的几位大佬杨炼、顾城、芒克、多多混上了，他们都生于五十年代，而我搭上了五十年代末班车，在八十年代的诗歌运动中，由他们带着玩，玩出整整一个八十年代。

我生于1959，被卡在“大跃进”运动与三年困难时期的接合部，没上过大学，因为那时候社会就是大学。

在1999，我混1979，用四十年砸向二十年，从圣诞节喝到情人节，就为了摆平这不靠谱的世纪末。我对那些当时刚满两张的女孩说：生于1979，是一特好的概念，你们完全应该继往开来，我替你们继往，你们帮我开来，此乃互补双赢。

生于1968，也是一个强势概念，在这一强档中，我认识的精英足以从双井拥堵到国贸桥。李承鹏、黄健翔、白岩松、刘建宏、张斌、苗炜、石康、老狼、杨葵、唐大年，当然还有生于1967年的王三表和生于1969年的张老六，他们正从斜刺里包夹1968精英团队。济济人才一声吼，国贸桥东的大铁塔抖三抖。

生于1977，是一个足球概念，孙继海、李铁、李玮峰、李金羽、张玉宁、张效瑞、隋东亮成为中国足球的跨世纪人才，但他们在1999年败给了以李东国为首的韩国足球青年，让恐韩症向着二十一世纪蔓延。在2002，我曾写过一篇《中国足球死于1981》，两年后完全应验。沈祥福率领的生于1981超白金，被韩国、伊朗、大马给灭成一堆铝，而中国国家队跟着在11月17日被科威特尽情开涮。

那天在酒吧里，看旁边一桌给一个女孩过生日，就听见他们喊：我们六十年代的干一杯，我们七十年代的也干一杯，我们八十年代的再干一杯。干得我心里直痒痒，直想喊：我五十年代的跟谁干一杯！

三　拥有一腔油腻的情怀

对潇潇暮雨洒清秋，几番去控油？明月松间照，油腻石上流。三十功名猥与琐，八千里路油和腻，仰天长啸出门去，我辈甘为油腻人。

我们在雨中清丽，说不定又会在风中二逼，白云说邂逅是一种伤心的油腻，就像那羊腰子中的油滴，我们匆匆地来又匆匆地去，倔强的青春不就是一片雨后的淤泥？

最近聊油腻，谈中年，远上寒山石径斜，白云深处人起腻。我要的不多，无非是眼光里有你有我，油腻有我。我要的真不多，这样的夜，我不理人，人不理我，花月与油腻同辉，秋水共卤煮一色，明天你是否依然爱我？

春花秋月何时了，油腻知多少？望京小腰，不如你的细腰，你那段玲珑极致的细腰，正在我错落有致的油腻中——妖娆！

人生万里江山，天涯百尺高楼。大江东去，再大的浪，也淘不尽，我的忧伤，忧伤中的层层油腻。身为一个油腻中年猥琐男，更能消几番风雨？趁着小楼昨夜又东风，不妨暗渡春风十里不如你的文艺妞。

所以，昨夜星辰，画楼西畔，江山自古油腻出，我用油腻，种出了杨柳岸。

我让油腻，开放在百花园。

更让油腻，布满无限山川。

千古江山，英雄无觅，油腻处，故垒西边，人道是，三国周郎——装逼！早经分了手，为何油腻尚情重？原来是那么深爱你，此际伴着我猥琐的心痛。

拥有一腔油腻的情怀，争当一个平凡的油腻中年猥琐男。用平凡堆积油腻，用油腻渲染中年，用中年尽情猥琐——我的琴声呜咽，泪水全无，我把这远方的远归还草原。

让油腻伴我一生！我暂时中年，但马上老年，老去年华似等闲。我几近猥琐，但不猥亵，春兰秋菊总有谢。

于是，在我平凡的油腻中年猥琐男的生涯，哼唱一支歌——

花的心藏在油腻中，空把老男人都错过，你的心还在挣扎，假装对老炮不感动。春去春会来，花谢花会再开，只要你愿意，注定你愿意，让油腻划向你心海。

你去我会来，我去你会来，黑夜又白昼，黑夜又白昼，生活就是油腻的存在！

想来想去，我是油腻界的一股清流。星垂平野阔，月涌油腻流。一杯酒，一层油，欲穷千里目，更涂一层油。

风雨如磐暗故园，我以油腻荐轩辕。长剑一杯酒，遍地文艺妞。

四　从金融街到三联书店

有人写过《从百草园到三味书屋》，我没那么崇高，先去做物质的俘虏，再去做精神的奴隶。

在小区包了一辆“黑车”，直奔金融街。先取书的版税，再注销美元卡，申办欧元卡。在中国银行，我的排号是2046，我的长城“威飒卡”的欠费是5.41美金。在长城卡众志成城的威严中，我结清了欠款。

黄昏星像情人的眼睛，闪烁在美术馆上空。我离开金融街，来到三联书店，告别物质的臂弯，冲入精神的死角。在东四、隆福寺、美术馆、大佛寺的四面合围中，我发现三联书店像一座劣质的写字楼，压抑着自己丰饶的文化底蕴。这是我第二次来三联，我终于认清了它的位置，曾几何时，我把与三联相邻的华侨大厦、天伦王朝饭店、王府井大饭店附近的歌厅泡个溜够。那“2000俱乐部”的畅想曲言犹在耳——两只小蜜蜂呀，一枕鸳鸯梦啊，东西南北中呀，你是我老公啊，北斗挂星空呀，流水尽朝东啊，小妹花想呀啊，大哥把钱送啊！

1984年黄昏星闪耀的时刻，在隆福寺西口，我迎接一位北兵马司的女孩。当时，我在她心目中是个诗人。她说：抱歉诗人，我来晚了。这话搁当时是赞美，放现在是骂人。我立马用闻一多的诗回应她——我不骗你，我不是什么诗人，纵然我爱的是白石的坚贞。青松和大海，鸦背驮着夕阳，黄昏里织满了蝙蝠的翅膀。

于是，在闻一多诗歌底蕴的澎湃中，我们用苏芮和张惠妹讴歌过的牵手方式，走进东四人民市场，我给她买了一件驼色腈纶棉高领毛衣。在秋冬换季时节，这件毛衣无比熨帖和舒适。

三联地下，卖诗，把诗搁在地下卖，我感觉非常亲切，因为我刚出道写诗的时候，就是一地下诗人，也是野生诗人，野蛮生长的诗人。三联地下很空很静，有两个戴眼镜的女孩执着地翻看着诗集，她们很像我八十年代在王府井新华书店或琉璃厂中国书店见到的那种在校女生，在深度近视镜片的后面，是一双被“知识垃圾”熏陶而模糊的双眼。

还有一对学生情侣模样的男女，男的有些像校园诗人，女的好像班上的文艺积极分子。女的翻着一本《世界经典诗歌金榜》问男的：什么叫“情人，墨镜般的情人，池塘映出暗柳的倒影”？男的说：就是一般情人都爱戴墨镜，比如王家卫，你见过他摘眼镜吗？女生说：比起王家卫，我宁愿喜欢梅超风，梅超风再瞎也不戴眼镜，就用黑暗挑战光明，我就不明白，为什么有些人总喜欢从后面看人？我心想，别呀，那人家近视眼的可咋办？

在大学生关于王家卫与梅超风的讨论中，我买下《茨维塔耶娃文集（诗歌卷）》《古米廖夫诗选》《狄兰·托马斯诗选》和《绝唱里尔克》。

走出三联，晚风吹拂着昔日我跟前女友徜徉的美术馆东侧的树荫，我突然记起我手中威尔士诗人狄兰·托马斯病态的吟唱——她那海洋般的枕头，她在欲望中独自成婚，而他雪崩般的灵魂，正沿着她水银般的身躯潺潺流淌……

五　搞文学搞对象

八十年代初，流行介绍对象，我在工厂上班，一般都由师傅介绍女朋友，师傅把我介绍给女方时都爱说：小王喜欢文学。那时候喜欢文学可不得了，相当于现在喜欢时尚，在那些工人姐妹的眼里，我即使称不上灵魂的工程师，也算是心灵的泥瓦匠。

对象一般被我培养得也跟着喜欢文学，就像现在的一些时尚男作家，在跟女朋友分手之前，抢先把她们缔造成有文学写作倾向的女叛逆，就像巴罗什抢在范德萨出击之前，用生命中不能承受之轻的脚法挑射入网。然后他们撒手不管，任凭这些女叛逆在无辜无助中上路，任凭她们在前作家男友的阴影中把自己的身影变成无人认领的倩影。

其实在二十多年前，你只要说一句“啊！人生……”，人家姑娘基本上就把你当作了一诗人，更不用说你再玩朦胧诗了，那你几乎就是大师了。当时，我的一句特嗨的话就曾打动过某个对象，我说：就让我们相约在花后月上吧。对象说：应该叫花前月下。我说：花前那多暴露？月下那多老土？至少咱们得千里共婵娟吧？就算千里共不了婵娟，那也得千里共一宿吧？对象说：听你的，你说咋办就咋办，谁让你有文化呢？谁让你是搞文学的呢？我心想：嗬，那我还真得搞文学了，不搞文学怎么搞对象呢？

当时要想通过搞文学达到搞对象的目的，基本上得把女方控制在“四大名著”的范围，而能把我们这一代的青春搞得比较沸腾的“四大名著”是：卢新华的《伤痕》、刘心武的《班主任》、北岛的《回答》、舒婷的《致橡树》。在八十年代中的某个夏日黄昏，在暮色掩映的东单书报亭，一位秀外慧中的女孩说：师傅，给我拿本儿《报告文学》。我紧接她的话音儿：师傅，给我拿本儿《诗刊》。女孩又说：再给我拿本儿《新观察》。我跟着：再给我拿本儿《星星诗刊》。女孩看了我一眼：我还要本儿《新华文摘》。我也看了她一眼：我还要本儿《诗选刊》。女孩突然问我：你怎么跟诗干上了？我说：我就跟诗干上了。女孩问：你写诗吗？我说：写。女孩说：我也写。我说：那咱找个地儿聊聊。女孩说：好啊，我就想找个人聊聊，我也不知道写的是不是诗，都想改写散文了。

终于，我没经过师傅介绍，自己认识搞了一回对象，是比介绍的有感觉。

六　只投稿不乱搞

1979年，我开始当文青，那时候的文青有一个共同的志向，就是要把自己的文章变成铅字，盼着过一把发表的瘾。而我当时主写诗歌，有时一天能写好几首，写完了就往杂志社投，但经常比石沉大海还不见动静，偶尔也能得到编辑的退稿信，但每次回信都让我灰心，一般都是这样四个字：拟不采用。

我心想，不采用就不采用，还拟干吗？你就不会惜墨如金，少写两个字，变成“拟用”，拟用对贵刊来说就那么难吗？我一般投稿时先给编辑写一段不算谄媚也算阿谀的话：编辑老师，虽未谋面，然心向往之，手颤抖之，眼期盼之，诗朦胧之，寄上拙作三首，望在指正之余，择其一发表，受人滴水之恩，纵使不能涌泉相报，也将用两点水或三点水相报。苍天在上，黄土在下，一颗诗歌赤子的拳拳之心于天地之间哭号奔走，唯愿拙作能早见天日。

我就是这么忽悠煽情，也打动不了编辑，直到1985年我的处女作才见了天日。有时我被退稿退烦了，再投的时候干脆直寄：编辑先生，发去大作三首，希望拜读，拜读之余，抽空发表。可这也不顶事儿，估计就算我把拙作称为佳作、大作、名作、传世之作、不朽之作，也一样会遭到退稿，或者连稿都不退，直接扔废纸篓，断无消息望眼穿。

那时候投稿，什么《十月》《当代》《花城》《中国作家》《人民文学》《诗刊》，连想都不敢想。我主要投的是《青春》《萌芽》《飞天》《丑小鸭》《星星》这些青年文学爱好者的园地。

在八十年代初，南京的《青春》巨火，很多文学青年想在《青春》上发作品都想疯了，宁可自己没青春，也要在《青春》上见到自己青春痘一样的文字。一次，《青春》杂志刊登了一位文学青年渴望与广大文学爱好者交流的一封信，凭直觉，我立马感到这是一个文学女青年，就赶紧写信冲了过去。

姑娘在吉林桦甸卫生学院上学，在浪漫开朗、热情洋溢之余，还具有徐志摩所提倡的"蜜甜的忧愁"。我几乎动用了中外诗歌史中的全部精华跟她频繁通信，从屈原到闻一多，从但丁到波德莱尔，我迅速把她从小说、散文扭转到诗歌阵营中来。有一次写信，我用惠特曼的《草叶集》忽悠她：我自己将只写下一二指示着将来的字，我只将露面片刻，便转身退到黑暗中去。姑娘给我回信：我是一棵忘忧草，你是一片芭蕉叶，忘忧草啊芭蕉叶，就在今生此夜。当时我一激动差点儿打着火车到桦甸找她去。

有段时间，我们只能在对方的回信中呼吸，那封信来到我们手中还在喘息。她说她将永远珍藏我送给她的惠特曼的诗句："我愿意在诗歌的星空中穿上一条金线，连接出我们彼此一个整体。"以至于在结束了我们之间的文友情谊之后，我用惠特曼又开始跟别的女文青套瓷。

七　公车上书

首都公交打折以来，媳妇买了“交通一卡通”，我有时也蹭着用，后来干脆也买了一个。刚开始，上车刷卡还不习惯，一忙叨就把单位发的胸卡或小区门禁卡当交通卡乱刷，刷得售票员直犯愣，说：“师傅您咋不用银行卡刷个试试？”后来我越刷越溜索儿，这种错误就不再犯了。交通一卡通就是好，4毛钱能从大望路坐到天涯路，要坐出租一起步就没了。所以，我给“交通一卡通”写了一首中年儿歌：交通一卡通，幸福往上涌，花了4毛钱，城西到城东，花了8毛钱，旧宫到故宫，花了1块2，寡妇见老公。如今公交虽然涨价了，但还是不贵。

至今我还保持着出行坐公交的习惯，比如坐特3到单位上班，专挑印有孙燕姿大照片的车坐，在她那句“统一冰红茶，年轻无极限”忽悠之下，感觉自己“夕阳无限好，朝霞已满天”。我最烦坐车身印有“李文开锁”的公交车，香港歌星啥时候学会开锁了？我的心好不容易才上了把锁，不想让自己心猿意马老起邪念，有人就要给我开锁，把邪恶的念头放出来，非让我对人生放弃把持，那多不检点？

三十多年前，我天天坐公交车上下班，公交和我心连心，没有公交步难行。那时候的公交车比较非理性，不是大站停小站不停，就是小站停大站不停，而我经常在介乎大站与小站的中站上车，等了半天才能等到中站停的车。还有比非理性更加幺蛾子的公交呢，比如那时我老坐的302，车一进站售票员就喊：就到和平街北口！我当时就急了，质问售票员：凭什么呀，想到哪儿就到哪儿，到完和平街北口你干吗去呀？售票员也不客气：管着吗你？我爱干吗去干吗去！还有的车，比如403，一进站售票员就报：牛王庙、东大桥、永安里。我半天没反应过来，是这三站不停呢，还是就这三站停？后来我的语言反应如此之快，就是那时听售票员报站名给练出来的。

那时，正值我文学青年旺盛的发育阶段，在拥挤的公交车上，我一手扶着车，一手托着书，扶着的是公交车，托着的可是世界名著。在列·托尔斯泰和阿·托尔斯泰之间，感觉自己是仙·托尔斯泰。我在车上看的更多的是诗歌，有一次看得兴起，竟然把郭沫若翻译的歌德从默诵变成了朗诵——青年男子谁个不善钟情？妙龄女郎哪个不曾怀春？这是人间的至善至纯！可是为什么会有惨痛飞迸！在全车人异样的目光中，我感到自己是一个“诗歌病人”。管得着吗？我心想：这是艺术！你懂艺术吗？你也就懂算术！

还有一次，我面前坐着一位留着“扣边儿”发型的女孩，端庄肃穆，很像过去常在筒子河边儿溜达的林道静。我的诗意立马盎然，掏出小卡片就开始抒写。公交车一颠一颠的，笔尖儿一颤一颤的，我在洁白的纸笺上为“扣边儿女孩”写下海涅的诗句：“星星们动也不动，高高地挂在天空，千万年彼此相望，怀着爱情的苦痛。”趁着她凝视窗外陷入沉思的工夫，我把海涅的小卡片塞到她天蓝色牛仔裤的小屁兜里，然后急忙下车，心像小鹿一样怦怦直跳。以至于以后我在“鹿港小镇”约女孩吃饭，心仍旧像小鹿一样怦怦直跳，心跳得把“鹿港小镇”都给镇住了。

八　酒仙桥畔的流水

我出生在酒仙桥，成长于大山子，最早工作于718大院的797厂，后迁于京顺路边上的六公坟，现在这里叫丽都饭店，也叫高家园。再后来，就以劲松桥至长虹桥为轴心，守我的内涵，混我的外延。

那天去酒仙桥派出所办第二代身份证。我曾在1996年和2000年回过两次酒仙桥，领过两次结婚证。而今的酒仙桥变化巨大，马路修得巨宽，大楼盖得超多，河道很齐整，河水亦清澈。著名的颐堤港购物中心和东隅酒店，成了酒仙桥畔的地标。

酒仙桥往北是大山子，这里曾被誉为电子城，许多798艺术家目前的栖身之地以及所谓798艺术产业园区，五十年代曾经是东欧援华专家的施展之地。

多年前“仁Club”开张时，我去过一次798，没感觉，待不住，喝一瓶就撤。后来再去“仁Club”，参加一个不着调的“护士Party”，喝了半杯就撤。“仁Club”的原址正是昔日的798职工食堂，1983年我的初恋正是一位798日本流水线上的女工，几乎每天中午我都来这里为她加菜买排骨。对我来说，这里的一草一木都充满了初恋气息，跟现在另类愤青的手舞足蹈特不搭边儿。

798，虽然显得有艺术，但在我眼里，有点7倒酒，9全喝，8喝一半的感觉，这是我曾在酒吧老玩的游戏。

1969年，我十岁，酒仙桥河水涨潮，一条条大鱼直往岸上拍。这是我第一次对“鱼肚白”有深刻体会，那是一种鱼死根本不跟网破计较的光辉。所以有一段，我坚持在夜店混到“东方鱼肚白”。不知苏东坡是否明白：在东方既白的时候，人生才容易被黑？

1983年，在反自由化的浪潮中，我跟初恋来到798职工食堂附近的浴室洗澡。那时家里不能洗澡，只能洗脚。大夜里，男女浴室只有我俩，一墙之隔，水哗哗地响，我们聊着洗着，突然热水没了，只剩下冰凉刺骨……

出了浴室，我们才知道，拥抱是多么温暖！从那一刻起，我学会了拥抱，然后学会了接吻，接下来，用现在的话说，走了应该走的程序。

酒仙桥的河水早已不再奔腾，但也不再干枯，变成一条可供观赏、适合休闲而又极为装逼的河流。

九　我的 798

以前我上班的798，现在成为景区了。不过，有些导游不地道，拉客人到了798门口，在旅游大巴上管每个客人收20块钱，说这是门票。客人们不明事理，一般都以为进798需要门票，20块钱也不算什么，乖乖掏钱，导游把这额外收的钱悄悄跟司机平分，畅快地中饱了私囊。我1962年三岁起就在798混，从历史的角度来看，798永远不收门票，别听导游瞎忽悠。

1951年，718大院，也就是现在所谓的798，在北京大山子建成，116.19万平方米的总面积及其建筑工艺在当时的亚洲首屈一指，而我国第一颗原子弹的许多关键元件和第一颗人造卫星的许多重要零部件均产于此。大山子这片儿的老人都记得，这曾经是一个“进厂必须查三代，根正苗红才上岗”的神秘军工厂。

798电子工业区诞生于五十年代，是北京东郊著名的电子工业基地。当时这里的总名称叫718联合厂，包括718厂、798厂、751厂、797厂、706厂、707厂和电子工业部第11研究所，共计六厂一所，我当年上班的797厂紧挨着现在的大中电器。

准确地说，798不应该叫大山子，而应该叫王爷坟，“文革”

时改名叫万红里。大山子与王爷坟相差一站地，包括797、706、707，而王爷坟则有718、798、751，电子工业部11所则横贯大山子和王爷坟。

现如今798已成为艺术家的大本营，798一词已成为创意文化产业的代名词，798亦成为外省乃至外国文艺青年热切向往之方。就像我曾在一首诗中写到的——那些外省青年日夜兼程，向着紫禁城飞奔！不在北京混一圈，无法证明你懂艺术。

半个世纪之后，2002年10月24日，北京深秋疏星淡月，三里屯“芥末坊”的坊主秦奇和冰冰，邀请我参加“仁Club”的声光色宴开幕典礼。

798之所以成为中国当代艺术的集散地，“芥末坊”坊主秦奇和冰冰绝对开风气之先，他们在798职工食堂开辟了大山子第一家艺术画廊——“仁Club”，从此艺术人气疯狂往大山子云集，而798也在艺术话语中创下完美时空。

“仁Club”的诞生地，是北京电子城大山子国营798厂职工食堂的原址，我在出席开张盛宴的同时，亦有一种怀旧冲动袭向心中。

1979年，我在与798厂百米之隔的797厂当临时工，那时，798厂职工食堂是整个718大院中饭菜做得最好的，所以中午歇工时分，各厂的员工都集中此地打饭。

当时正逢改革开放春风化雨，那一年流行高领毛衣和喇叭裤，我穿着烟色开司米高领毛衣和8.5寸米黄色纯毛华达呢喇叭裤，行走于工厂街区，奔向心目中最好的食堂——798职工食堂。

那时的798厂，盘儿亮条儿顺的青年女工如云，这也是吸引大批外厂青年男工在此打饭聚餐的原因。我们当时管798厂的青年女工叫“98女郎”，真跟现在的“酒吧女郎”合上拍了。

从报社旁的白家庄，我乘402路公交车直奔王爷坟，一路经过我酒仙桥的故乡，除了心潮澎湃与热血沸腾之外，还有些许电影《城南旧事》般的感伤。

在王爷坟我下了车，在718大院的门口，我突然惆怅，二十多年前，我的初恋，一个身材娇小的798厂日本流水线女工，下了夜班就在繁星满天的工厂门口准时出现。

星月迷乱，比星月更迷乱的是心绪，比心绪更迷乱的是独自倚栏。栏边只有小广告劣迹斑斑，已不见二十年前的风中情缘。

一个大山子的单车男孩，在我面前一闪而过，他声嘶力竭地吼着——你伤害了我，还一笑而过，你爱得贪婪我爱得懦弱。

这令我想起二十多年前我们老唱的一首歌：穿过大街走过小巷，遇见一位好姑娘，姑娘姑娘不要慌张，交个朋友怎么样？

夜色中的718大院，已立起座座楼盘广厦，而我曾经工作战斗的地方——那一排排低矮厂房，于一片黑暗中默然注视着巨变沧桑。就在1985年，我曾在其中某一个漆黑的窗口，当时灯火通明，我给一个三班倒的青年女工背诵舒婷的名篇——要有坚实的肩膀，才能靠上疲惫的头；需要有一双手，来支撑最沉重的时候。

在“仁Club”剪彩的缎带花翎中，在红酒西餐的盛典上，哥们撤了，撤出繁华宴饮之地，沿着青春期的足迹，寻着我二十年前青年工人的铿锵步履，奔向2002年深秋，那里，沧桑正向秋夜渗透。

一〇　非洲曾在我心中

虽然，非洲我只去过埃及和南非，但对非洲大陆一直有热情。小时候学地理，不知道怎么就对非洲特感兴趣，非洲各国的首都过目不忘。当时跟中国最好的大洲就是非洲，非洲的国家元首和政府首脑频繁访华，也使我对非洲国家领导人的名字倒背如流。那时候，学没怎么上，欢迎外宾倒常去，而以非洲的外宾居多。在“欢迎欢迎，热烈欢迎”的口号声中，虽然车里非洲国家领导人的音容笑貌没怎么看清，但他们的名字至今还记得——赞比亚总统卡翁达、中非总统博卡萨、埃塞俄比亚皇帝海尔·塞拉西一世、扎伊尔总统蒙博托·塞塞·塞科、加蓬总统哈吉·奥马尔·邦戈。唯一遗憾的是，没能到场欢迎我后来的诗歌偶像塞内加尔总统桑戈尔，他的名诗《黑女人》几度在我耳边回响——你的美犹如雄鹰的闪光，击中了我的心窝！

后来，马季、唐杰忠合说的关于“坦赞铁路”的相声也深入人心，一时间，“达累斯萨拉姆”“斯瓦希里语”“拉菲克”“夸哈里里”令人耳熟能详。

1965年，坦桑尼亚总统尼雷尔访华，首次表达了希望中国援建坦赞铁路的愿望。1967年，赞比亚总统卡翁达访华，在盛赞毛泽东主席是非洲人民最景仰的“老者、勇者、智者”的同时，诚恳而殷切地提出了请求中国政府援建坦赞铁路的愿望。毛泽东现场办公，当即拍板：“这条铁路不过投资1亿英镑，没什么了不起的！”由于卡翁达为中非友谊立下奇功一件，后来被中国人民称作“全天候的朋友”。

卡翁达还有一个特殊的意义，毛泽东威震全球的“三个世界”的外交纲领，就是1974年2月22日再次接见卡翁达时提出的。毛泽东说：我看美国、苏联是第一世界。中间派，日本、欧洲、澳大利亚、加拿大，是第二世界。咱们是第三世界。卡翁达说：我同意主席先生的分析。毛泽东又说：第三世界人口很多。卡翁达又回应：确实如此。毛泽东最后一言九鼎：亚洲除了日本，都是第三世界。整个非洲都是第三世界，拉丁美洲也是第三世界。

后来我写了诗，在跟欧洲诗人交流时，他们说：你是第三世界诗人。我心想：那又怎么了，屈原不一定就不如荷马，李白不一定就不如但丁！

记得我1974年曾在北京牛王庙（现叫三元桥）学生的欢迎队伍中，迎接过赞比亚总统卡翁达。如今他已经退了，不吃肉、不吃鱼、不吃鸡蛋，不抽烟、不喝酒、不喝茶，是一个地道的素食主义者，高兴了就弹弹三弦竖琴，多么的清心寡欲而其乐融融啊！

一一 五星红旗迎风飘扬

以往，纵横酒吧、游走夜店、笑傲三里屯、浪迹工体西，大酒飘摇到10月1日凌晨，我都有一个夙愿，就是带着跟我在酒精中奋战一宿的泡吧女孩，去天安门广场看奏国歌升国旗。

五星红旗迎风飘扬，胜利歌声多么响亮，歌唱我们亲爱的祖国，从今走向繁荣富强——如此高风亮节中，我们将碎了一地的节操一一拾起，在狼藉的节操中，分明有一颗心的节奏在跳跃——越过高山，越过平原，跨过奔腾的黄河长江，宽广美丽的土地，是我们亲爱的家乡，英雄的人民站起来了，我们团结友爱坚强如钢。

2003年8月2日，我随同皇马七星——罗纳尔多、罗伯特·卡洛斯、齐达内、菲戈、劳尔·冈萨雷斯、大卫·贝克汉姆、卡西利亚斯，一同登上天安门城楼。站在伟大领袖毛主席当年检阅工农兵学商的地方，我心潮澎湃，转脸扫了一下“皇马七大腕”，他们表情淡定，无动于衷。我适时吼了一嗓子——全世界人民大团结万岁！被工作人员立马制止，警告我——不要闹！

登上天安门城楼的这个夜晚，月亮隐去，星光黯淡，但我内心天光四射，浩气长存。我默念着“今天”诗人江河的著名篇章——

天安门广场，在用混凝土筑成的坚固底座上，建筑起中华民族的尊严。纪念碑、历史博物馆和人民大会堂，像一台巨大的天平。一边是历史，是昨天的教训；另一边是今天，是魄力和未来。

1977年4月北京凶悍的沙尘暴中，我们94中组织各班的积极分子，来到天安门广场，修建毛主席纪念堂。我们挥汗如雨，革命干劲热火朝天，就像农业学大寨奋战七沟八梁一面坡一样，不过，我们劳动的条件要比陈永贵当年好多了。为了火线入团，我推起运沙土碎石的小车就往前奔呀，小车不倒只管推，一直推到快到共产主义；拉革命车不松套，一直拉到看见共产主义。给毛主席修建纪念堂，这火热的劳动场面，激发了我们这些中学生的革命热情，一个粗大麻花辫子的女同学跟我一起推着小车，现在想起来她绝对长发及腰，甚至到臀。漫天风沙中，一首嘹亮的革命歌曲在我们嘴中唱响——

长鞭哎那个一呀甩吔，叭叭地响哎、哎咳依呀，赶起那个大车出了庄哎哎咳哟。劈开那个重重雾哇，闯过那个道道梁哎，哎哎咳咳依呀哎哎咳咳依呀，哎哎咳咳依呀哎哎咳呀。要问大车哪里去吔？沿着社会主义大道奔前方哎，哎哟喂哎哟喂。哎哟喂哎哟喂、哎咳哟喂哎咳哟喂，沿着社会主义大道奔前方哎哎咳哟……

在1977年的春天修完毛主席纪念堂，夏天我又投入到迎酷暑、战高温，接受贫下中农再教育的火热劳动中，在中阿人民友好公社崔各庄生产队，我们与贫农、雇农、下中农、个别中农，总之没有富农，我们跟这些农民兄弟一起啊，奋战三伏插稻秧。有一天我发烧三十八度五，为了火线入团，硬扛着轻伤不下火线、重伤不哭，战斗在田野沟渠。为了证明我积极入团的决心有多大，趁人不注意，我在稻田里逮了条马鳖拍在自己小腿上，大喊一声——老师我被蜇了！年轻的女老师赶紧过来扶住我：蛰哪儿了？我赶紧说：小腿、小腿！然后顺势倒在她怀中，坦坦地完成了一箭双雕——即入了团又依偎了佳人。这是我人生头一回一箭双雕呀，从此就喜欢上了这个成语。

1998年10月1日凌晨，我跟一个女孩从三里屯北街的“地平线”酒吧出来，切“夏利”直奔天安门广场，看完庄严肃穆而又热血澎湃的奏国歌升国旗，我带她来到人民英雄纪念碑前，跟她说——在这个国庆的日子里，请跟我一起对着先烈们宣誓。于是我们一起握拳，对着自己的右太阳穴，然后我高声念道，我念一句，她重复一句——成千成万的先烈，为着人民的利益，在我们的前头英勇地牺牲了。让我们高举起他们的旗帜，踏着他们的血迹前进吧！

宣誓完毕，我突然问她：想跟我一起去街道办事处领结婚证吗？她说：太想了，看升国旗和领结婚证，这两件事儿搁在一起咋就那么搭呢！

于是我们在心中默默唱道：五星红旗，你是我的骄傲；五星红旗，我为你自豪；为你欢呼，我为你祝福，你的名字比我生命更重要！红旗飘呀飘红旗飘呀飘，腾空的志愿像白云越飞越高，红旗飘呀飘红旗飘呀飘，年轻的心不会衰老……

一二　八十年代我酒后串烧宋词

夏天、啤酒和月光，生瓜蛋子什么都敢闯，在东四马路边的“青海餐厅”，在平安里的“柳泉居”，在地安门“马凯餐厅”，在西单人防工事的“洞天”西餐厅，我畅饮着二十郎当岁的时光。

八十年代初，我二十出头，开始在桀骜不驯和放浪不羁二者之中，选择人生之路。那时，我已是一个酒腻子，跟酒仙桥、大山子、西八间房一带的孩子，狂煽啤酒。

盛夏之夜，我们常在“青海餐厅”豪饮数升，有如吸海垂虹。那时，我们喝的是北京散装啤酒，一升相当于现在的两扎。当时北京爷们很少喝“瓶啤”“听啤”，专喝“散啤”，因为“散啤”新鲜，沁人心脾。八十年代初我喝的是２毛８一升的北京“散啤”，十年之后，在燕莎“普那那”啤酒屋，我喝的是36块外加15%服务费的慕尼黑“散啤”。所以，改革开放，让我心花怒放。

当时在“青海餐厅”最酷的喝酒方式，就是抵着东四北大街的栏杆，手拎塑料升，边划拳边叫酒。在“哥俩好你，仨仨有你，四来财，财四季，六连连，巧七没，八马双杯，十满全来”的吆喝声中，东四的明月都高了，忽悠忽悠地飘。

那时候，北京的女孩，已有个别的敢往少了穿，“紧露透”的资产阶级服饰已在腐蚀着我们的阶级姐妹。而我们正值好色年华，“荷尔蒙”激发“内蒙古”，当如花似露的年轻女子婷婷走过，我们喷着酒气的嘴中打出响亮的匪哨。

记得1981年的夏天，我在新街口中学的夜校补习古典文学，上课之前，我在新街口餐厅要了两升啤酒，外加“宫爆”和“鱼香”，边喝边撮。对面俩斯文小伙，一升均半升，你劝我我劝你，磨磨叽叽腻腻歪歪，号称会喝酒。我一看就烦了，抄起一升一仰脖儿，磕巴都不打，见底儿。那俩望着我直犯愣，我举起另一升，再一仰脖儿，半升下去，那两人直嘀咕：这酒没法喝，快撤，一会儿他再练咱们。

等到上课时，老师让我背李白的《下江陵》，我高声曼吟：朝辞白帝彩云间，千里江陵一日还。姑苏城外寒山寺，夜半钟声到客船。

全班哄堂大笑，老师让我再背张继的《枫桥夜泊》，我又书声琅琅：月落乌啼霜漫天，江枫渔火对愁眠。两岸猿声啼不住，轻舟已过万重山。

全班再次大笑。老师说：你可真会张冠李戴，我跟你说过多少次，上课之前不要喝酒，你就是不听，弄出天大的笑话了吧？我赶紧解释：李白和张继的诗里，都有动物叫，不是猿猴叫，就是乌鸦叫，所以我容易弄混。

老师：好，我让你背一首不容易弄混的，辛弃疾的《永遇乐·京口北固亭怀古》，你喝那么多酒，还知道辛弃疾是谁吗？我说：知道，辛弃疾字幼安，号稼轩，生于1140，死于1207。老师：你还没晕，快背。由于刚才那两升啤酒喝得过猛，我的思路已完全飘逸，更容易把辛弃疾跟别的诗人弄混了。

于是我开始抑扬顿挫，朗诵豪放诗人的作品——大江东去，浪淘尽，千古江山，英雄无觅，孙仲谋处。故垒西边，人道是，三国周郎赤壁。江南游子，把吴钩看了，栏杆拍遍，无人会，登临意。想当年，金戈铁马，气吞千里如虎。昨夜西风凋碧树，独上高楼，望断天涯路。众里寻他千百度，蓦然回首，那人却在，灯火阑珊处。君莫舞，君不见，玉环飞燕皆尘土。可堪回首，佛狸祠下，一片神鸦社鼓。乱石崩云，惊涛裂岸，卷起千堆雪。驾长车，踏破贺兰山阙。年年柳色，灞陵伤别。今朝酒醒何处，杨柳岸，晓风残月……

老师已忍无可忍：打住。我说：还没背完呢。老师：你赶紧回家，不用再来上课了。我问：为什么，我上得好好的？老师：我教不了你了，你都能教辛弃疾，谁敢教你呀？

一三　人生是个大专栏

文章一纵天涯，凌云健笔漫无际。往昔吟啸，而今散淡，韶光轻掷。纤腰一握，长风万里，京华浪子，把词语看了，专栏写遍，凭何寄，沧海意？却道中年荏苒，且谈笑信步媒体。杯酒清歌，风骚暂住，飘仙才气。或有灵感，暗夜幽怀，欣然落笔。教人间记取，留云借月，说闲来事。

模仿辛稼轩假装来一首《水龙吟》，达不到“把吴钩看了，阑干拍遍”的境界，只求“把词语看了，专栏写遍”，没大追求，有小进取，差不多得了。

1990年，我在《北京青年报》的中缝写我人生的第一个专栏——《世界杯一百单八将》，从此开始了长达三十余年的专栏生涯。我的专栏写得比较杂，由于兴趣广泛，涉猎较多，我几乎写遍了跟文艺体育沾边的各种专栏。当然，最主要的专栏，是写人生，人生本身就是一个“大专栏”，写之不尽，越写越有得写。

由于我曾是一个体育新闻工作者，所以体育方面的专栏写得比较多，而我主要的采访报道在足球，曾是中国八千足记中的某一记，所以体育专栏多以写足球为主。不过，像奥运会这样全球最高规格的赛事，必须专栏跟进，快评如潮。从1992年巴塞罗那奥运会开始，历经1996年亚特兰大奥运会、2000年悉尼奥运会、2004年雅典奥运会、2008年北京奥运会、2012年伦敦奥运会，我是逢奥运，必开栏！

在中国各项体育运动中，足球运动第一个走向市场化、置身商品社会浪潮中，这也刺激了中国体育媒体疾速向市场迈进的神经，尤其是足球媒体，扮演着早期媒体市场的急先锋。1992年，我在广州《足球》报开写专栏，后来这个专栏群体被命名为“京华新村”，计有毕熙东、汪大昭、张路、苏祥新、王俊、唐丙、苗炜“京华七君子”。“京华新村”成为二十世纪九十年代足球媒体中最高级别的专栏品牌，在广大足球爱好者当中家喻户晓，在亿万球迷心目中人气极高。我在《足球》报的专栏从1992年一气写到2002年，坚持写了十年。此外，在《体坛周报》《南方体育》《青年体育》《新民体育报》《东方体育日报》以及《解放日报》《晶报》都写过足球专栏。而后互联网兴起，我的足球专栏遍布新浪、搜狐、雅虎、tom、cctv.com、徐根宝俱乐部等门户网站。从1990年到2014年间的历届世界杯、1992年到2012年间的历届欧洲杯，我也是遇双杯，必开栏！除奥运会和足球外，在新浪还有我的NBA专栏，此前还有过围棋专栏和四大网球公开赛专栏。

体育及足球之外，我写得比较多的自然是人生专栏。人生是个大概念，所以得把人生当“大专栏”来写。我写的主要有《三联生活周刊》的“生活圆桌”、《北京青年周刊》的“大仙说局”、《精品购物指南》的“乐活话”以及曾在徐静蕾主办的《开啦》电子杂志上的专栏，在电子刊物上写专栏，有种“骇电子”的气势。

此外，在一些报纸杂志上，散见我的一些美食、情感以及夜生活专栏，当然，也有一些装逼中产范儿，探讨私生活的嘚瑟专栏。还有就是文娱方面的专栏我也常写，乐评、娱评和文评，此为文艺界“三陪评论”，写起来给力，串着八卦和粉丝味儿。此外，我还热衷于写军事专栏和旅行专栏。一个喜欢倚栏的人，何不擅长写专栏？

在专栏语言风格方面，也就是文体上，我喜欢不拘一格，放任自流，决不墨守成规，更不墨守双规，但我盼着被语言和才气双规。我尝试着运用各种文体写专栏，创造出“武侠体”“歌词体”“诗歌体”“古典体”“恶搞体”“俏皮话体”“贯口体”，最近正在练就一门“拧巴体”，让语言一边拉风，一边二逼！从两级对进，于核心会师；或者从一个极端走向另一个极端，我握有精神的两端。

我写专栏，偏爱写千字左右的那种，不喜欢写长的，一写长就容易缺氧。长出一千字后面写的那些，有可能是脑残状态下写出的，不代表我的真实水平。对写专栏来说，如果一千字都不够说明意思表达出想法，那还对得起如此精湛的汉语吗？

一晃已近四十年，我在上百家媒体走过了上百条专栏之路，多少次我回回头看看走过的路，感觉这一生跟专栏干上了。是不是因为我喜欢倚栏、凭栏、俯栏，就得老写专栏？搞不懂，蛮纠结，四十年铆足劲儿一往无前一写到底，把缤纷的专栏写成了绵延的长栏。在专栏中，我一阵阑珊，只好去喝牛栏山。喝着喝着，突然鼓励起自己来——凡有媒体处，皆有我专栏！不带这么励志的。

一四　怒斥光明消逝

为了不温顺地走进那个良夜，必须在落日下咆哮，就这么任性！

鲍勃·迪伦，本名叫艾伦·齐莫曼，由于他太崇拜比他大二十七岁的迪伦·托马斯，毅然将自己的歌手之名改成——鲍勃·迪伦。但他从来没参加过——美国好声音，只参加——自己好灵魂。

迪伦·托马斯，如果没有鲍勃·迪伦的因素，我们一直叫他狄兰·托马斯。狄兰和迪伦，总之是灵魂。按照八十年代的称谓，还是怀念般称“迪伦”为“狄兰”吧。

这是一位来自威尔士的语言狂想家，在酒精区域一度畅行无阻的天才诗人。他的生命，在三十九岁那年，戛然而止于一次酒精中毒。因为狄兰太能喝，是一位在烈酒中闪转腾挪的天才——从第3盎司（1盎司=30毫升）到第8盎司，狄兰·托马斯可谓是世界上最善饮的人。但是他最终却因连喝18盎司威士忌而暴卒。

在北京晴朗的初冬以及逐渐奔向雾霾的严冬，早已魂归西天的狄兰·托马斯，为我们重启诗歌的先验功能。诺兰与狄兰，就像一对星际穿越的好兄弟，完成了一次史诗般的结盟。

所以，当我把这首带有时空转换的——《不要温顺地走进那个良夜》，于一场神秘的穿越中转化成《落日焚身》之后，这首诗在诗歌与电影之间，发出奇异的回声。不信，请听，在倾听中请听，在请听中聆听——

不要温顺地走进那个良夜，
老朽应当在落日焚身时燃烧、咆哮；
怒斥，怒斥光明的消逝！

智慧的人，面临末日懂得黑暗是真理，
因为他们的语言已无法击出闪电，但他们，
并不温顺地走进那个良夜。

善良的人，当最后的波浪卷过，他们去哭喊，
可怜的行为曾多么辉煌地在绿色港湾里舞蹈，
怒斥，怒斥光明的消逝！

狂暴的人，抓住并歌唱飞翔的太阳，
懂得，但为时已晚，他们使太阳在中途踉跄，
并不温顺地走进那个良夜。

阴沉的人，接近死亡时用迷人的眼光察觉，
失明的眼睛可以像流星一样欢快地闪耀，
怒斥，怒斥光明的消逝！

而你，我的父亲．站在悲哀的最高处，
老泪纵横地诅咒我，并祝福我。求求你，给跪了——
不要温顺地走进那个良夜。
怒斥，怒斥光明的消逝！

一首狄兰的诗，因为某个星际穿越，变成了人类在丧失灵魂中最能召唤魂灵的诗。所谓星际穿越，就是人类考证自身的想象力，而想象力的巅峰一般由诗歌赋予。狄兰·托马斯的“良夜”，给人类带来了死魂、鬼魂、灵魂——三魂一体的穿越。这就是诗人们常说的——未知者已预知，因为语言知一切，言语知永恒。在诗歌这里，永远在穿越，穿越到永恒。狄兰在穿越，诺兰在穿越。穿越的首选，是时间。因为时间——过于腐朽！

诺兰与狄兰，在命运的途中一片蔚蓝，他们异动的灵魂一片湛蓝，因为在落日焚身的海岸，他们的脑海里正躺着一片大海。

在诗人这里，由于时间过于腐朽，所以语言必须穿越。没有语言穿越的世界没有任何灵性——

时间过于腐朽；
你金色的
血滴，掷过了头颅；
迎风呼吸，
来回吞吐废墟的光亮，
而不是轻曼地走向你强有力的吻。
你唇上的尘埃

将找到某种完全相悖的爱，
并且穿越黑暗；
城市的穷人堆里，日子辛辣而苦逼；
一个纸做的女巫骑在硫黄色的金雀花上
从贫民区飞走。
静物逐渐变硬，
活物累累下垂；
漫行者手中的苹果黑如罪恶；
他思想的源泉吸收着。
然后潜入你的额际，
而你的脑海里正躺着一片大海。

身为一个六十岁的老朽，脑海里必须躺着一片大海。老朽，不要过于追求不朽，万物超然，他只留在这里，负责咆哮，怒斥——光明的消逝！

一五　我走在一个寂寞的国度

早晨，我经过门口：太阳照在树皮和交缠的树枝上，这里有一种蓝色的运动，在树叶上散开，召唤，而非追踪。岩石和灰色的丛丛苔藓，火烧野草的花瓣，掉在它们落下的地方。我被注视如同一个入侵者，察觉到敌意却不知在何处。白昼畏惧我——沿着安大略女诗人玛格丽特·阿特伍德的指引，我来到安大略湖，这里干净得让我——想换一副心灵。

加拿大，在我心中明亮；安大略，我空灵的远方。我走在一个寂寞的国度，这里国土辽阔人烟稀疏，属于孤单心绪的狂欢之地。如果你每天面对自然面对自我面对自由你只有自在，如果你每天生长于万物之中精神才会旺盛意志才能葳蕤，如果你每天在时光中漫步与时间对饮与时空共鸣你的灵气或将与生俱来，如果你每天吸风饮露挟雷携电采菊东篱结庐人境你必然一蓑烟雨任平生。

所以，我在一个寂寞的国度，瞥见我的寂寞之旗，飘于万籁俱寂的安大略田园和水天一碧的圣劳伦斯河。行走在北美，心中有优美，我在山野清风中寻找心灵淡泊的气韵。“安大略”在易洛魁语中是“漂亮的湖”之意，安大略全省有25000个左右的湖泊以及全长超过10万公里的河流。每一汪湖水都是一面镜子，湖边的每棵树木都像一位隐士，而在湖上徜徉的仙鹤和天鹅、林间穿梭的蜂鸟和红雀，则像是自然界的精灵。而我这个远道而来的陌生人，就像一个贸然的入侵者，因流露出与大自然格格不入的气息而满含羞怯。那被尘俗之气熏陶得鄙俗不堪的人味，丝毫不敢与自然界的纯然之气对抗，只能默默地败北，远远地遁去。面对大自然清新的活力，不敢妄动，岂能造次？一片敬畏之意默然融入。在安大略，我的语言，悄悄抵住大自然的掌心，我的指间是幽寂的风语，掌中是山水的纹路。

南加州一座秃山上的禅修院中，法号“自闲”的智者型诗人与歌手伦纳德·科恩，于灵魂深处与万物欣然对视，在万物镜于一空之上超然觉悟，空灵得几无形骸。人生断然要打通三观——世界观、人生观、价值观，悠悠然牵引出自然观，飘飘乎尽情于宇宙观。我走在一个寂寞的国度，遥想早已离开这个国度的一个冷寂的人，默念着伦纳德·科恩盈满空气纯度与灵魂力度的诗歌——我选择了一个寂寞的国度，与爱绝缘。从草原流浪至酒宴，一层层的秋叶被扫掉，某些东西把我们忘得好干净。

人在寂寞中静思，思想一阵豁然，心境一派通透。世界，就在一片通达中，抵向彼岸；彼岸，就在一片透彻中，迎接访客。

如今，科恩已死，他八十二岁的生命宛如一面空镜，里面全是未知世界精灵般的符号和谜团。

在停止生命之前，莱昂纳德·科恩就说过——我已经准备好死去。科恩这具大灵魂，足以超脱生死，抵达冥界，一如他曾经给予《来自房间的歌曲》封底照片中那个坐在打字机前的姑娘——玛丽安·伊伦的致函：哦，玛丽安，我们已经到了十分年老，身体快要分崩离析的时候。我很快就会随你而去。我就在你身后。如果你伸出手，就能碰到我。我一直爱你的美丽和智慧，然而此刻我不用再重复这一切，因为你都知道。现在，我祝福你一个愉快的旅途。再见我的老朋友。永远的爱人，路上再见。

一个人，在少年和青年时走上人生，在中年和老年回望人生。感慨万千中，闭目沉思，直到把自己的呼吸咽下去。在寂静的安大略，不由得想起伦纳德·科恩的《河流黑暗处》——

我忘记了
我的圣歌
我无能为力
在巴比伦

河流黑暗处
我无从看见
等在那儿的人
狩猎我的人

他切开我的唇
切开我的心
因而我无法
畅饮河流黑暗

我想起伦纳德·科恩，瞬间清空吾身。

一六　圆明园迷人荒凉

岁月的刀涂着口红在肉体上歌唱！这是圆明园四才子之一黑大春三十多年前震响圆明园的诗句。1985年，我离开大山子，直奔圆明园，一帮二十来岁的诗歌青年，在这片耀眼的废域上，成立了“圆明园诗社”。

圆明园当时没有一个画家，只有诗人。黑大春在福海一带借到一间农民的小屋，在这里喝酒写诗，让青春对历史咏叹，感觉特有历史感，这就成了“圆明园诗社”的象征。不过，黑大春家在中关村，我们就常在中关村活动，由于离高校比较近，我们经常去校园朗诵。那时每个诗人必须会朗诵，否则没人气。当然是背诵，绝不是念诗，我们管区别于朗诵艺术家舞台腔的朗诵，叫作——“浪诗”，把诗“浪”到一定的规格。

除中关村外，“圆明园诗社”还有一个重要的活动区，就是六铺炕，因为诗社社长戴杰和师爷刘国越住在这里，这里几乎成为“圆明园诗社”的大本营。一帮写诗的整天在这里喝酒碴诗，大半夜的经常去人定湖对着夜色和湖水号叫。记得在拂晓的北京西城街区，我们酒意盎然诗兴大发，高声号叫着金斯堡的《嚎叫》——我看见这一代最杰出的头脑毁于疯狂，饿着肚子歇斯底里赤身裸体，拂晓时拖着脚步穿过黑人街区寻找一针够劲的毒品……

当时我们爱管自己叫写诗的，管画家叫画画的，管作家叫写小说的。在诗歌的奋斗年代，我们对“装”是很厌恶的。

1984年岁末，我在《北京晚报》中缝里看到一则广告，崇文区文化馆将举办诗歌讲座班，有江河、杨炼、顾城讲课。看到这三位的大名，就像现在小孩听到周杰伦什么的差不多。

于是我花10元钱报了名，并在讲座班上认识了顾城和杨炼，江河因为在外地采风没来讲课。也就是在这座诗歌夜校中，我认识了诗人阿曲强巴，阿曲又把我介绍给“圆明园诗社”成员殷龙龙。从原型意义上讲，位于磁器口的崇文区文化馆开办的诗歌夜校，成为我投身现代派诗歌的发源地，当时我们上课的地方在宣武区的白纸坊中学，诗歌夜校的校长徐咏龄是我名义上的诗歌指路人。

1985年3月15日，春寒料峭夜，我穿着“纯毛舍味呢”中山装和九寸裤口的“弹力板丝呢”喇叭裤，前往鼓楼外大街拜访殷龙龙。龙龙二话没说，就把我带到“圆明园诗社”军师刘国越的家，在六铺炕刘国越的家中，我聆听了“圆明园诗社”社长戴杰激情澎湃的诗歌鼓动，从而跃跃欲试想大干一番诗歌运动。后来，“3·15”这一天成为“打假维权日”，我也从这一天开始，正经八百投身到热火朝天的现代派诗歌浪潮中。

此时“圆明园诗社”要在北京林学院（现已更名北京林业大学），举办一场声势浩大的现代派诗歌朗诵会，戴杰看中了我的外联能力，让我主攻对外联络，于是我跟戴杰、刑天频繁游说北京各界的诗歌名人。

在我们努力运作下，现代派诗歌朗诵会于1985年4月5日在北京林学院强力登场，学校的礼堂坐满了校园中和社会上的诗歌爱好者。当时，正是诗歌大面积降临的年代，到处是一望无际的诗歌青纱帐。坊间有句特别喜感的名言——随便扔块儿板儿砖就能砸到一个诗人脑袋上，周围立马涌出十个诗歌爱好者救助呵护受伤的诗人。

朗诵会上，四位“今天”的杰出诗人北岛、芒克、多多、严力登台奉献佳作，袁可嘉、郑敏、吴思敬、唐晓渡、刘湛秋、杨匡满、江枫等诗坛强豪亦到场助阵，“台湾三杰”侯德健、黄植诚、谢雨辰也莅临捧场，而一度成为中国歌坛首席偶像歌手的蔡国庆也把他初出茅庐的第一歌，奉献给大江东去的“朦胧诗”。当时的“摇滚舞王”、后来成为“霹雳王子”的陶金，因有紧急演出错过了这次盛会，要不现代舞与现代诗之间，将会有一次奇特的相遇。

在这次朗诵会上，我认识了“圆明园诗社”的实力派诗人黑大春。4月5日这天，恰好是大春生日，在北京林学院光耀的舞台上，黑大春唯美而颓废，浪漫而华贵，一首凝聚古典之力的纯诗——《东方美妇人》破空而出：

啊，东方美妇人
啊，体现丝绸与翡翠的华贵之王
在你白蜡般燃烧的肉体上
圆明园，迷人荒凉
并有一件火焰的旗袍高叉在大理石柱的腿上

在此之前，我已通过刘国越认识了“圆明园诗社”另一位重要诗人雪迪，在雪迪东直门小街中医研究院的家中，我们已碰过杯，谈过意象和通感。为了我的到来，雪迪特意去简易木板房中的小饭馆打了两暖壶散装啤酒，而我们当时的沽酒之地，如今已演变成东直门簋街的餐饮重镇——花家怡园。

在圆明园的岁月中，我跟刑天处得极为沆瀣，成为诗社中焦不离孟、孟不离焦的一对黄金组合，甚至比后来姚明与麦迪的姚麦组合还默契。那时，我住大山子，刑天住西三旗，我们便把刘国越在六铺炕的家当成了诗歌家园，而温柔敦厚的刘国越，用他的和蔼善良召唤着每一位诗歌浪子，抚慰着年轻诗人被艺术折磨被理想煎熬的痛苦内心。每次，我来到刘国越的家，从藏钥匙的地方摸出钥匙，然后从橱柜里搜出方便面，煮开了就吃。诗人也得吃饭呀！那年代我们一个月10元钱足以生存，因为诗歌的力量太强大了，让我们忘掉了还有世俗生活。

1986年深秋，我和黑大春在刘国越家里喝酒闲聊。我那时已在建国门外的《北京青年报》当记者，整天在媒体与诗坛之间穿梭。喝着喝着，大春灵感乍现，指着我对刘国越说：我怎么觉得丫那么像个仙儿呀！干脆叫他“大仙”算了。刘国越说：没错，你以后写诗就叫“大仙”，不许再用“微茫”，微茫太拽了，大仙多气派呀！于是，我的笔名“大仙”就这么定了。大春还跟我调侃，以后出诗选按姓氏笔画排位，你还排在艾青和北岛前头。

1988年，徐敬亚、孟浪等人出版了《中国现代主义诗群大观1986—1988》，书中刘国越以“隐南”为笔名撰写“圆明园诗社”的概况，并首次正式提出圆明园四才子——黑大春、雪迪、大仙、刑天这一称谓。而今，我们四人早已各奔东西，难以聚首——黑大春在诗歌深处继续蛰伏，雪迪去了美利坚，刑天纵横于股票期货中，我则忙着张罗各种饭局聚会。

一七　手指那涌向天边的排浪

1985年，“今天”诗人已经如雷贯耳了，由他们引发的“朦胧诗”潮在全国迅速蔓延，大有席卷甚至吞噬保守派诗歌之势。我比较反感“朦胧诗”这一称呼，有点儿嫩俗小清新之气，与诗歌的沉雄幻美不搭，与诗人的生命形态满拧，倒跟后来琼瑶的通俗文艺小说有些沾边儿。像我们“圆明园诗人”以及西川、海子为首的北大四才子，绝口不提“朦胧诗”，我们管“朦胧诗”叫现代派诗，称北岛他们为“今天”诗人。

这年的春天来得比较早，惊蛰中萌动着诗歌的气息。北京这座古城，新诗潮在汹涌，整个生活都被诗歌潮流带着往前涌。此时，我正忙着写毕业论文，作为北京广播电视大学首届中文系半工半读带薪上课的一名学员，我的论文选题是现代派诗歌评论，题目叫《北岛与杨炼》，我的指导老师是北大中文系教授、诗歌评论家谢冕。后来，这篇毕业论文发表在当时很有影响的当代理论思想刊物《青年论坛》上。

1985年的寒冬，在崇文区文化馆举办的诗歌讲习班上，我结识了前来讲课的杨炼。从此基本上每星明一到两次，我从我的住地大山子，杀向颐和园北宫门杨炼在国际关系学院的住地，在搜集论文素材的同时，也忙里偷闲向杨炼老师请教一些诗歌话题。杨炼那时三十而立，留着长发，声如洪钟，语言表达极具感染力，一上来就跟我侃埃利蒂斯飞翔的超现实主义——“高飞的鸟减轻我们灵魂的负担”，我则以英国超现实主义诗歌鼻祖大卫·加斯科因的“他们上面的太阳是一袋铁钉”应对。杨炼觉着我还有一定的诗歌常识，算跟我聊得比较投机。杨炼好酒量，我的酒量也不弱，这样我们在“诗酒趁年华”中更加投缘。

在西临颐和园、东望圆明园的国际关系学院宿舍楼，在与杨炼混熟的同时，我认识了菲野，也就是荀红军。他身上有种“白俄浪子”的气质，是中国翻译俄国“白银时代”诗歌的奠基人，翻译曼德尔施塔姆（当时我们叫曼杰斯塔姆）是他的拿手好戏。当时通过杨炼介绍，我还认识了就读国际关系学院法语文学专业的刘欢。杨炼说：这哥们儿以后唱歌将前途无量。果然，日后的刘欢高歌猛进，震烁歌坛，直到2008年北京奥运会开幕式上高唱奥运主题歌。不过，当时刘欢挺服我们的，说你们写诗的把艺术搞成了纵横天下的气势。

由于我的论文涉及北岛，所以必须见到北岛，征求他的意见。北岛在三不老胡同的地址，是周国强给我的。周国强写诗时的名字叫阿曲强巴，他在给我北岛地址时，特意叮嘱我：千万别跟振开说是我告你的地址。当时北岛在诗坛名声日隆，已有些神秘高拔的色彩。我按照阿曲强巴给我的地址，给北岛写了一封信，要求就论文一事登门拜访。为了有说服力，我把早已求得的谢冕的推荐信也一同寄去。北岛是严谨的，我不能显唐突，诗坛虽如江湖，但入道也得讲规矩。很快，北岛回复了，说可以见。

在1985年初夏的午后，我来到厂桥三不老胡同北岛的家里，拜见现代派诗歌“大龙头”。由于今天同仁把北岛形容为“老木头”，我想象中的北岛冷漠、刻板、不苟言笑。及见到北岛本人，发现他挺温和，并没那么端着，谈吐也不拒人千里之外。在客厅里我见到了北岛的父亲，一位清癯文雅的民主党派人士，跟我有礼节地打了个招呼，然后退出客厅，把谈话的空间留给我们。

我们先聊了会儿谢冕，聊了会儿杨炼，还有我当时参加的“圆明园诗社”黑大春、雪迪什么的，随后我向他介绍我的论文《北岛与杨炼》的大致意图。北岛的脸上闪过一丝不快，他说：我跟杨炼的诗风并不一样。当时杨炼的《诺日朗》已经声名鹊起，一度成为反资产阶级自由化的标本，坊间传闻杨炼可能就此被“招安”，其实杨炼骨子眼里是很“地下”的，他的精神世界有种坚强的另类。我跟北岛解释说：主要你们是现代派诗歌不同风格的两个代表，诗风大相径庭却又各领风骚，我也是把你俩独立成章，并不做太多的比较。北岛不置可否：行吧，写完之后，寄一份给我看看，毕竟现在写我们的论文还没有。

然后我打开我的诗歌剪贴本，上面贴着很多“今天”诗人发表过的诗，我把两首北岛在《丑小鸭》上发表的诗给他看，并说：这两首诗我比较喜欢，论文里会涉及。一首是《雨夜》，北岛略看了一下，就把“枪口和血淋淋的太阳”中的“太阳”改成“朝霞”，并说：这是编辑的误发，或者擅自改动，“血淋淋的太阳”，意象不通，我原诗上写的是“朝霞”。随后，北岛又把另一首《雨中纪事》改了一下，“雨水冲刷的——是泥土，是草，是哀伤的声音”。他提笔将“伤”一圈改成了“怨”。没错，哀怨的声音，比哀伤的声音，更有力！

当时我写诗的笔名还不叫“大仙”，用的是“微茫”，我把完成的论文寄给北岛时，署名就是“微茫”。后来北岛跟别人说：大仙刚出道时，名叫“微茫”。我想，北岛开始也不叫“北岛”，而叫“石默”。

1995年，我去瑞典斯德哥尔摩采访第二届女足世界杯期间，见到了万之（陈迈平）、严力和李笠，万之请客我们小聚了一下，席间万之把北岛在巴黎的电话给了我，采访完女足世界杯，我要去趟巴黎。在巴黎香榭丽舍大街的公共电话厅，我给北岛打电话，说我特意到海外来拜见“大龙头”，北岛在电话里说：那咱们找天聚一下。我说：不麻烦了，就跟你打个招呼，我也待不了几天。

认识今天的“诗歌王子”顾城，也是在崇文门文化馆的诗歌夜校，他跟杨炼一样来给我们讲课，后来我跟杨炼混熟了，杨炼把我介绍给顾城。1985年10月，我来到位于海淀区翠微路小学里的《中国电子报》当记者，便有了跟“童话诗人”顾城接触的机会。顾城住在万寿路总参大院，离我只有一站地，所以我有机会去万寿路拜访这位诗歌天才。

12月的一天，顾城和谢烨包饺子请我吃饭。我第一次来到顾城的家，看见门上和墙上画的全是鱼，现在回想起来，比任贤齐的《我是一只鱼》要灵幻多了。顾城说这是他画的，画给老于的，老于于有泽就是“朦胧诗”的另一位卓越人物江河。江河将顾城视为弟，顾城把江河当成哥。当然，顾城当时还有一姐，叫舒婷。

顾城戴着优雅自恋的白色厨师帽，给我讲房子、鸟儿、麦穗、湖水等一系列打动他的诗歌意象。谢烨知道我爱喝酒，特意准备了通化葡萄酒。我们吃着饺子，顾城、谢烨喝茶，我喝酒，回忆1985年夏季昌平诗歌笔会的情节。就在这次笔会上，一位“极左诗人”疯狂向顾城叫板，而刚到《诗刊》参加工作的诗歌少女李英，后来变身为麦琪和英儿，以自己二十三岁的青春身躯，毅然站在顾城一边，奋勇抵抗“极左潮流”对现代派诗歌的绞杀。等到顾城在新西兰“激流岛”出事之后，我才猛醒，“昌平笔会”竟是“激流岛”的序曲。

不管顾城在“激流岛”如何人鬼合一，不管顾城的“利斧袭妻”事件如何触目惊心，我是一个局部唯物论者，起码在1985年稍纵即逝的日子里，在天伦之光的照耀下，顾城和谢烨是美好的、是幸福的、是明亮向上的，他们在我面前展示的是中国男女的传统恩爱，没有任何血腥的前兆。

1986年深秋，在诗歌评论家吴思敬王府井的家中，吴老师猝然感慨：顾城都三十了，北岛快四十了。当时我心中凛然一惊——诗歌的光阴真快，二十多岁刚出来混，转眼就直奔三张。诗人是短命的天才，是青春期的流星，过了三十，意味着爆发力减退，语言的造血功能削弱，抒情的才华下降，冲击灵魂核心的能力逐渐丧失。

“今天”诗人中，我第一个认识的是杨炼，混得最狠的是芒克。认识芒克，是通过黑大春介绍，当时我们都管芒克叫“老猴”。“今天”初期，赵振开与姜世伟互起笔名，赵振开称姜世伟为“芒克”，姜世伟将赵振开命名为“北岛”，于是这两个响亮的名字日后扫荡诗坛。

芒克当年是跟我们“圆明园诗社”走得最近的“今天”诗人，他最早住三里河纪委大院，跟号称“啤酒主义者”的作家狗子是街坊。我认识芒克的时候，他已经搬到劲松415楼，他的一室一厅的小屋，一度成为“圆明园诗社”解体之后我们诗人的啸聚之地，后来又成为“幸存者”诗人俱乐部的大本营。在他家混时基本以喝酒搓麻为主，很少谈诗歌，因为芒克认为，老谈诗歌忒事儿逼，诗歌不是谈出来的，而是写出来的。芒克是诗歌天才，他寥寥读过几首外国大诗人的作品后，直奔诗歌高峰而去。

1986年12月31日，我们在芒克家迎接新年，六个哥们儿热血一涌，拜了把子。当时我们已从“地下”诗歌跃到“地上”，诗坛一片混战，互相攻击，争抢地盘。胜利的果实来之不易，而又僧多粥少，所以诗人之间，党同伐异，掐起来没完。抱团是必须的。我们把子一拜，貌似“劲松六结义”。老大：芒克，生于1950年；老二：雪迪，生于1957年；老三：刘国越，生于1958年；老四：大仙，生于1959年；老五：黑大春，生于1960年；老六：吕德安，生于1960年。从这一刻开始，我们大喝狂聚了大约一礼拜，然后各自回家，闷头写诗。

第一次见郭路生（食指），我们都管他叫老郭，是在“圆明园诗社”分崩离析之后，1986年的12月，是在黑大春中关村的家里。那是一个西方文艺思潮无比泛滥的年代，当时，北大正加紧筹备“北大艺术节”，北大“五四文学社”邀请“今天”“圆明园”“北大帮”以及其他现代派诗人，于12月26日在北大阶梯教室登台朗诵，取名“北大艺术节”现代诗歌朗诵会。食指和芒克是重头，当时食指正在遥远的昌平县沙河镇北京第三福利医院饱受病魔的煎熬。一天，黑大春突然把食指接到自己家里，我们正在讨论艺术节朗诵会的流程，食指的到来让我们格外振奋。老郭虽然有些病态，但精神很顽强，思路也清楚，跟我们聊得很开心。他的开山之作《相信未来》，是朗诵会必“浪”的极品。考虑到食指的身体状况，大家决定他不上场，而由一位师大“北国剧社”的女大学生郭晴丽代他朗诵。朗诵会那晚，郭晴丽在配乐中声情并茂地朗诵了食指的《相信未来》，在“浪”到“我要用手指那涌向天边的排浪”

时，郭晴丽特意把手指向老郭，看得食指一阵激动。

老于，于有泽，就是江河，是我最后认识的“今天”诗人，我们只见过两面，他住在阜成门宫门口期间，挨着阿曲强巴，我经常去阿曲家，却无缘造访江河。及至蝌蚪自杀之后，1987年春我来到江河迁至通县的家（当时还不叫通州），在那儿住了一宿。我们喝酒，谈生命，江河的家里全是西方高雅音乐唱片，他给我放瓦格纳和勋伯格，我听不懂，假装沉浸在勋伯格《升华之夜》的升华中。

“今天”怪杰多多，真名粟世征，我们爱叫他“毛头”。他比较恃才傲物，属于诗歌狂人，不好接近。他家住什么地方我真不知道，只知道他在朝阳路十里堡的《农民日报》上班，当时我在《中国电子报》上班，算是同行。每次见多多都是在别人家里，有回在芒克家，喝酒正喝美了，多多起身就走。我问他着什么急撤，再喝点儿。他背起双肩包说：哥们是班儿爷，明儿早起还得上班，喝大了骑不了自行车回家。还有一回在雪迪家，我们聆听多多的教诲，他说诗歌要“短而锐”，要反着写，比如——“从死亡的方向往回走”，然后他用美声唱法般的唱功给我们念了几位外国作家诗人的名字：骇——明威、普辣——斯、艾滋拉——乓！

严力当时住上海，偶尔来北京云游，我们见得不多。不过上世纪末，我在三里屯豹豪酒吧严重晃点过严力一次，约好了晚上一起喝酒聊天，但我前一晚通宵大酒整残了，就爽了约，至今还想当面向他道歉。“今天”还有一位隐秘的诗才，就是田晓青，他是圣琼·佩斯的狂热爱好者，我也喜欢佩斯，我们正好聊到一块儿。田晓青住南礼士路，我们约在真武庙的新疆小馆喝酒，他说有一回碰着杨炼，印堂发亮，话语铿锵，跟他说——刘索拉、徐星都火了，你还不写两篇恶小说出出名！

一八　那些有能力拒绝和超越精神死亡的人

为秋天而存在，为你心中的四季而聆听
八月之琴在芦苇的手中奏响
众鸟的天空有一轮落日倾向大海
黄昏，在石头的双颊上涂满浆果

1988年第一期《人民文学》的诗歌板块，以我这首《再度辉煌》打头，那一年我二十九岁，直奔三张，正处于写诗不要命、为艺术而艺术的激烈阶段。后来我去北京农展馆南里10号文联大厦的《人民文学》编辑部，拜访主管诗歌的韩作荣老师，正好遇上当时的主编刘心武，心武鼓励了我一句——年轻的诗人，好好写，写出更漂亮的诗歌来。

1988年，在那个诗歌飘香的年代，我心中充满诗歌理想，在中国的诗歌土地上勤奋耕耘。那个艺术与灵魂并存的年代，诗歌的魅力已迸发到顶峰，诗人的位置至高无上。随便扔一块板儿砖，就能砸到一写诗的脑袋上！20后、30后、40后、50后、60后的大群诗人集结在一起，在1988、1989年这两年中，谱写出中国诗坛最后的狂欢。

我的诗歌黄金生涯比较短暂，跟青春期的冲击力有关，1989年三十岁之后，青春好像就没了。从某种意义上来说，诗歌是一种艺术手淫和语言做爱，灵感与才情需要荷尔蒙与内分泌的大量充填，光充填还不行，还得释放与爆发。诗人是一个出色的手淫专家，也是一个冲击异性的角斗士，当然这一切都得像兰波或魏尔伦那样，最终从大地返回语言的核心。

我从1985年进入“圆明园诗社”之后，便与现代派诗歌打成一片，先锋诗歌绝对摒弃了传统的现实主义和浪漫主义。那年代，我们写的诗要是让读者立马看懂了，形同于侮辱我们的智商，等同于糟蹋我们的才气，我们在“地下”诗坛就没法混了，顶多算一诗歌爱好者。

1987年刚过完五一，芒克把我叫到他劲松的家里，兴致盎然地说：要有大动作，我们要成立诗人俱乐部，你们“圆明园”的将成为第一批成员。我听了很激动，“今天”终于跟我们联手了，虽然我们处于从属地位，那也很牛逼呀！芒克所说的我们，就是他和杨炼、唐晓渡。那时，杨炼、唐晓渡相继搬到劲松，三人一拍即合，组成中国诗坛的“劲松铁三角”。芒克住劲松415，杨炼住414，唐晓渡住316，从人文地理来说，真是极佳组合，胜过一度极为强势的“劲松三刘”——刘再复、刘心武、刘湛秋。

1988年夏，我接到“劲松三杰”芒克、杨炼、唐晓渡关于成立“幸存者”诗人俱乐部的邀请函，便从大山子欣然奔赴劲松去找组织。“幸存者”的宗旨我现在还铭记着——

> “幸存者”指那些有能力拒绝和超越精神死亡的人。“幸存”的必要和可能与精神的死亡本于同一渊源。在生活

和艺术之间，“幸存”意味着把握住那些最致命的一瞬，在其中安顿下来，并将其作为造物的启示交还给人类精神。

“幸存者”是孤独的，或者说是独立不依的。他既不是众神的后裔，也不是历史的人质，甚至不是通常意义上的自我。在这个充满喧嚣和骚动的世界上，他更愿意经常处于沉默无名的状态。他就隐身其中与死亡对弈，从而把苦难转化成自由，把宿命转化成使命，把羞辱转化成高贵，把贫困转化成富足，把创造和幸存作为同一的精神盛典加以享受。

“幸存者”对诗和艺术的选择是别无选择的选择，因而是至高的选择。但真正的、唯一的“幸存者”只能是诗和艺术本身。在这个意义上，“幸存”意味着、也仅仅意味着奉献。这就是我们如此偶然地被抛入这个世界，却如此必然地在这里聚会和歌唱的原因。

一望而知，这便是中国当代诗歌理论才子唐晓渡的文笔，他的这句“‘幸存者’指那些有能力拒绝和超越精神死亡的人”，引导着我直杀进九十年代社会大转型后的物质社会，却依然好使。那时候的文学女青年一听说你有能力“拒绝和超越精神死亡”，就特别激动，要求我也帮着她们“拒绝和超越精神死亡”。诗歌形而上的本质，这时候就显出高贵来了，正像罗伯特·勃莱说的——现在它必须在死亡之外会见死亡。

“幸存者”诗人俱乐部的成立“大趴”，于1988年7月在西便门的三味书屋豪情上演，与会嘉宾有当时刚演完《红高粱》的未来中国影帝姜文，不过，当时我们写诗的还稳坐中国文化的第一把交椅，所以没什么人理姜文。记得1986年秋，我参加“星星画派”主力画家王克平在建国门外交公寓召集的“趴踢”，当时北京电影学院第一美女林芳兵也来了，正缠着北岛切磋诗艺。北岛看见我，赶紧把我叫过去，跟林芳兵说：大仙也写诗，你跟他多聊。我接过林芳兵就说：从哪儿聊，是从舒婷的《致橡树》还是顾城的《一代人》开始聊？林芳兵把她发表在《大众电影》上的毕业礼赞背诵给我听，我说：还不错，就是意象上差了那么一点儿。林芳兵问我：什么叫意象？我说：就是意境中的表象。林芳兵说：这可太深了。我说：别管它深不深，咱先干杯酒。

关于江湖上流传“幸存者”讨伐海子诗歌一事，甚至夸张延伸到海子最后自杀与此次讨伐有关，作为当年现场的目击者，我认为言重了，那不是讨伐，而是切磋，虽然多多当时的话有些愣，可能切磋得有些严厉。“幸存者”诗人俱乐部成立后，一般每个周日都要开一个诗人的作品讨论会，交流促进诗歌写作。开会的地点实行轮换制，先在“幸存者三巨头”芒克、杨炼、唐晓渡劲松的家里搞，而后在东直门小街雪迪家、团结湖的一平家搞过，海子作品的讨论是在王家新和平门的家中。那是1988年12月的寒冬，海子先朗读他的长诗《太阳·七步书》中的《太阳之弥赛亚》，诗篇很长，我看出多多有些不耐烦。终于等到海子读完，多多抢先发言，他一向快人快语：能不把诗写这么长吗？海子一愣：我这是长诗呀。多多说：最好不写长诗，对语言来说，短诗就够了。海子比较执拗：可我觉得不够。这期间还有插话的，场面争执得比较混乱，之后，多多男高音的嗓门中确实喷出一句——反正你这么写不灵。至于他对海子说没说过“你不适合写长诗”确实记不清了。这样的争执、所谓的艺术冲撞在我们当年的奋勇碴诗中屡见不鲜，大家没有任何恶意，只是讨论作品，不触及人身。我想，以海子对诗歌的透悟，不至于对这场争辩想不开吧？况且，他的短诗就是比长诗强。

进入1989年，“幸存者”开始筹备一次大型的诗歌朗诵会，经常在芒克的家里举行筹备会，芒克住的那楼——劲松415，俨然已成“幸存者”的地标。北岛、食指也来了，还有顶替已出国不能登场的杨炼朗诵的学者刘东。北岛突然显得幽默，跟刘东说：你哪儿像杨炼呀？太不像杨炼了，干脆你弄个杨炼的面具戴上，然后高吼一声——高原如猛虎！绝对震了。食指那时精神已经好多了，芒克问他：你上台没问题吧？能顶下来吗？食指精神矍铄地说：我行，绝对行。

春天到了，离“幸存者”朗诵会的日子越来越近，在现在文艺小清新最爱盘踞的南锣鼓巷附近的东棉花胡同的中戏小剧场，“幸存者”组织了一次彩排。我和张弛因喝酒迟到了，遭到了“幸存者领袖”芒克的训斥：无组织、无纪律，还不赶紧上台彩排？下次再迟到，取消朗诵资格。训得我们心里直犯嘀咕：这也讲组织纪律呀？通过这次彩排，我得知给我们这次“幸存者”诗歌艺术节当总导演的，是任鸣，现为人艺副院长。

1989年4月2日，首届“幸存者”诗歌艺术节暨“幸存者”诗歌朗诵会在中戏小剧场成功举行，1000个座位座无虚席，还有1000人站着直到终场。这绝对是中国当代诗歌史上的一次盛典，造成周边交通二级预警。

我至今依稀记得“幸存者”诗人俱乐部的那些诗人：食指、北岛、芒克、多多、杨炼、唐晓渡、王家新、林莽、一平、西川、海子、黑大春、雪迪、大仙、刑天、张弛、维维、镂克、莫非、童蔚、张真。

1989年的岁末，格外寒冷，二十世纪最后一个年代——九十年代，即将在晨曦中跃出，诗歌的黄金岁月——八十年代辉煌的吟唱行将结束。诗歌带着使命、也带着心碎无声地滑向世纪末，一个貌似繁华、实为浮躁的功利社会就要无情地席卷而来，排山倒海的商业大潮很快会淹没诗歌忧伤的韵脚。

我在一夜大酒中过完三十岁生日，看到地毯上横七竖八躺满在醉梦中流连的诗歌男女青年，残酒在脑海中击荡，喉咙中是劣质烟草的堵塞和酒醒之后的干渴苦涩。走进岁末的寒流中，太阳冰冷得像一具僵尸，很多诗人已离开祖国奔向欧美，而那些外省青年正日夜兼程，向着紫禁城飞奔。在八十年代最后一抹残阳中，诗歌正在向我们的灵魂告别，诗人是一个濒临灭绝的种族，诗歌优雅的呻吟已封存在高贵的心灵中。在未来，在二十年之后，诗歌就是物质社会最后一口氧气，一如狄兰·托马斯的旷世吟唱——

> 我唯一高贵的心灵在所有爱的土地上
> 都有见证人！

“圆明园”三十五年、“幸存者”三十年之后，我在回忆当初诗歌的青春年华、激情岁月时，想起了瓦尔特·惠特曼的诗章《今后许久许久》——

> 在经过一个漫长的过程，千百年的否定之后，这些积累引发了关爱、欢乐以及思索、希冀、愿望、向往、沉思、胜利和无数读者，加上衣料，包起来，再覆盖——代代不停地遮盖，到那时这些诗歌才能得到承认。

一九　顾城：杀死童话

（一）

1985年1月下旬，我在崇文区文化馆于白纸坊中学举办的诗歌夜校，第一次见到了顾城。当时我是798大山子地区比较少见的诗歌青年，就想把诗写成“今天”诗人那样、写成地下诗人那样、写成朦胧诗那样、写成现代派那样。顾城是我们诗歌夜校的授课老师，我也是直奔他而来，想问问他——水滴一刹那，怎样就放大了夕阳？这可是顾城当年在朦胧诗领域，用通感通吃天下的名句。

顾城出现，戴着一顶象征他个性气质的白色厨师帽。搁现在，叫行为艺术；搁过去，叫什么不知道。用当下最潮的话说就是：顾城当时那种旁若无人而人若无旁的状态就叫——高端大气走偏锋！

于是，我和我的小伙伴们瞬间惊呆了，全场鸦雀无声。

顾城的目光游离而空幻，闪现出与世隔绝的光芒，他就像一个受伤的孩子，黑眼睛无辜而透明，与世界之间，拉起一道长长的警戒线。他的眼睛不看任何人，只看教室对面的墙壁和天花板，偶尔也看看窗外的夜色，夜色被他看得愈加凝重。他讲着讲着诗，就进入纯粹状态，陷入自我不能自拔。这时他的脸上，会泛起童话般的光泽。而这童话般的光泽，竟然在1993年新西兰的10月，转化成绝望的杀气。顾城那种宁静而又不安的氛围在向你逼近，仿佛要带着你去一同受伤。而当你被顾城的眼神气息以及他的精神惯性摄住心魄时，你绝对情愿跟他一同去受伤，甚至愿意替他受伤。

没错，初见顾城，感觉与我通过那首《来临》对他的判读基本一致，他的确是——呼吸是云朵，愿望是歌声。还有一个内在的感觉就是——他貌似柔风吹拂的内心实际上早已坚壁清野，没有哪位心灵高手能随便进入他的内心，当然，个别女人除外。于是沉寂的冬夜寂静的教室中，悄然响起顾城那愿望的歌声——《我承认》：

我承认
看见你在洗杯子
用最长的手指在洗
水奇怪地摸着玻璃
你从那边走向这边
你有衣服吗
我看不见杯子
我只看见圆形的水在摇动
是有世界
有一面能出入的镜子
你从这边走向那边
你避开了我的一生

顾城安之若素地念着诗，吐纳字句的感觉像是在木鱼声声禅音袅袅。可是，浅浅字句突然就像扎了你一针，词语在寂静之中层层展开，就要迎来一个尖峰时刻，却又倏然转向谷底。顾城，将意象在刺出之际轻盈收回，让我们猝不及防，愣在半途。

念完诗，课即散，顾城准备撤，谢烨自然上前呵护，温情地将一条长围巾为她的男人围好，仿佛围住了顾城的一生。

（二）

白纸坊中学诗歌夜校的老师，还有一位朦胧诗悍将——杨炼。我跟杨炼一拍即合，认识了就混，后来他把我介绍给顾城，才有了我跟顾城在万寿路总后大院顾城之父顾工府上的一段交往。

1985年10月，我来到位于海淀区翠微路小学的《中国电子报》当记者，从此有了跟顾城接触的机会。顾城住的总后大院离我单位只有一站地，所以我可以经常去拜访这位诗歌天才。不管是“今天”诗派还是朦胧诗，我都差着辈分儿呢，所以见着这些“今天”派前辈，我一般都保持景仰。我是一个酒仙桥大山子混出来的蓝领，怎么会跟诗歌有关系到现在也说不清。现在大山子开发成艺术区了，酒仙桥搞成影视基地了，而三十多年前就是碴架磕婆子耍流氓搞破鞋那么一烂地儿。所以我起点比较低，进入诗歌圈，人生要低开一线，多听、多看、多认识人。这样一颗平常心，使我的人际关系相对不错。所以像顾城这么怪的人，我跟他处得还不错。

1985年12月的一天中午，顾城和谢烨包饺子请我吃饭，我利用单位午休时间第一次来到顾城的家。看见门上和墙上画的全是鱼，现在回想起来，比任贤齐的《我是一只鱼》要灵幻多了。顾城说这是他画的，画给老于的，老于于有泽就是朦胧诗的另一位卓越人物江河。江河将顾城视为弟，顾城把江河当成哥。当然，顾城当时还有一姐，叫舒婷。

顾城戴着优雅自恋的白色厨师帽，给我讲房子、鸟儿、麦穗、湖水等一系列打动他的诗歌意象。他还特意给我讲了镜子，说镜子中的你，其实不是你，而是镜子，是镜子把你压迫成镜子。谢烨知道我爱喝酒，特意准备了通化红葡萄酒，我们吃着饺子，顾城、谢烨喝茶，我喝酒。我一边想象顾城说的镜子，一边喝着谢烨倒的红酒，在抽象与具体之间游离着，在困惑与明晰之间陷入空想。

冬日午后的万寿路暖阳高照，顾城和谢烨一路上送我，两人相依相偎，形影不离，那种感觉，现在一想起来，绝对是至善至纯。我离顾城、谢烨远去之际，猝然回首，谢烨正眼睁睁望着顾城，抚弄着顾城的鬓发，真像林忆莲后来唱的——动也不能动，也要看着你。直到感觉你的发线，有了白雪的痕迹，直到视线变得模糊，直到不能呼吸。让我们，形影不离……

后来当我得知“激流岛惨案”之后，这一幕更加斩钉截铁地钉入我的记忆中！

而到了1986年夏天，北京作协在昌平举行新诗潮研讨会，我又遇到了顾城和谢烨，跟他们聊了会儿家长里短。就在这次会上，一位极左诗人疯狂叫板顾城，说他是资产阶级自由化。而刚到《诗刊》参加工作的北大诗歌少女李英，后来变身为麦琪和英儿，以自己二十三岁的青春身躯，毅然站在顾城一边，奋勇抵抗“极左潮流”对现代派诗歌的绞杀。等到顾城在新西兰“激流岛”出事之后，我才猛醒，“昌平笔会”竟然是“激流岛”的序曲。

（三）

我将抖动透明的翅膀，在一个童话中消失——果然，顾城猛一下就消失了，消失得巨惨烈！

1981年的某一天，二十五岁的北京男孩顾城与二十三岁的上海姑娘谢烨，携手徜徉于万寿路的晚风中。顾城突然想给谢烨写诗，谢烨说：曹子建七步成诗。顾城说：我一步成千古。谢烨问：你怎么千古？顾城答：我随江山一起千古。

然后，顾城真给谢烨写了一首诗，题名《赠别》——

今天
我和你
要跨过这古老的门槛
不要祝福
不要再见
那些都像表演
最好是沉默
隐藏总不算欺骗
把回想留给未来吧
就像把梦留给夜
泪留给大海
风留给帆。

当然，绳索留给顾城，斧头留给谢烨。这是一个不争的事实。

所以北岛说，顾城和谢烨的离去令人震惊，这世界显得更空旷。当得知这一噩讯时，我独自呆坐，半夜喝得烂醉。

1993年的中国秋天，对中国诗歌来说，是一个异常残忍的秋天，一个优秀诗人把一个好女人一斧子劈了，然后自尽。这让我们经历过海子卧轨自杀的中国诗人根本不能接受，让我们很久缓不过来。其实，每个痛苦的诗人，都有可能跟这个世界随时了断，只是，这了断来得太惊天！来得让我们的生命都滑入了深渊。

顾城的重要性，并不在于他是一个多么出色的诗人，在于他是我们诗人中的一人。不管北岛称他为“孩子”、舒婷称他为“弟弟”、芒克称他为“战友”、杨炼称他为“伙伴”、我们称他为“城哥”，在于他是一个印象诗人——把印象刻在生命上的诗人。

现在很多人对顾城这种——我是一个任性的孩子，不理解，认为当年他是在卖萌，装正太。没有啊，顾城从小就是一位规避风险的诗人，越规避风险，他越发觉危险。1986年12月北京翠微路寒冷的街头，他曾经跟我说：大仙，跟我走吧，要不你下一刻会冻僵。我说：我不跟你走，跟你走我会被你冻僵。顾城搂住我：好兄弟，我喜欢你，明天来我家吃饭，我给你包饺子。

生命的高空，灵魂在俯冲。难道诗人的灵魂，必须经过无数次俯冲之后，去毁灭吗？我不得而知。今年8月底，北岛来北京，我们一别二十四年。北岛跟我说：“今天”，“北青”，为了顾城。我说：必须的，《今天文学》《北京青年报》，当年我们一度几成战友。是啊，当年顾城投考《北京青年报》文艺部的身影，就这么一闪而过了吗？

有一种东西杀进灵魂深处，生命会感到疼，这种东西，就是诗歌。为什么会是诗歌？因为诗歌刚好切在生命的要害，那肯定是顾城的诗歌命中人们的软肋——我们站着，不说话，就十分美好。

每当10月8日这一天，一柄斧头亮闪闪，同时又阴森森。何曾想到，童话包裹的斧头，成为杀害诗意和劈毁生命的利器？

（四）

我不喜欢把顾城之死演变成道德上的责难和伦理上的非议，同样，也不爱把海子的卧轨视为对现实的激愤和对生命的反叛。实际上，我们都是——诗歌难民！在成千上万的语言中指定一种言辞——属于诗歌的言辞。我们都是语言上的不良者，修辞学的叛将，我们蔑视语法上的操行，我们擅长在逻辑混乱中安居乐业，同时又在语义模糊中颠沛流离。我们诗人还有一个特殊性，即——永恒之悖论！我们在悖论中自大，目空一切。当然，也许自大得掉了头颅，毁了人生。所以对顾城来说，他必是孤城！他生活在一种罕见而孤绝的寓言中，有着锐利的寓意锋芒，这锋芒用到极限，就会双向刺杀，刺己刺她。他绝对是——孤城中的千古绝城，一世伤城。

顾城并不倾城，但他拔城，把生命连根拔向青天。

别跟顾城谈生命，别跟海子讲死亡——这是中国当代诗歌的基数。

曾记否，叫孤城的这座城，是怎样被顾城建立起来的，而又怎样被击碎？

还记得当年在鹿特丹诗歌节，顾城用他并不擅长的左手书法，力贯千钧，一笔九鼎，写下——人可生可死！这幅书法中，斗大的人字孤悬，可生可死四字，卑微侧立一旁。

顾城追求的，还是人。我们都是人，一样在追求本真的人，一种拥有绝望气息而独往独来的“真人”。

关键是——顾城把人，追求为城，令我们望而却步。我们永远在顾城的城外。

就像他在《阿曼》一诗中写的——不能爱的人，里面有夜晚。

一座被风云气象山川氤氲饕餮鬼魅青虫彩蝶围绕的孤城，绝不是众志成城，而是孤家寡人。

当子夜，听顾城，听他于阴间温婉的歌声。顾城的断魂何等勾魂，灵魂摇曳销魂——

> 灯火化渔图乃临夜所作。
> 时人美欲眠，光影曈曈。
> 忽烛火爆响，蜡四溢，焰骤高盈尺，结得巨蕊。
> 即剪，遂作此图。
> 余笔曰：鱼生水，水生花，花生好人家。

好人家，好人家，有人亲手，杀死了童话。

二〇　海子：以命为诗

2014年是海子诞辰五十周年，对于海子的出生日，多年存在着谬误，很多资料显示海子生于1964年3月26日，这让海子晚生了两天，海子真实的出生日应该是1964年3月24日。

十年前，在海子家乡，我在海子的母亲、七十五岁的操採菊那里证实了海子的生日：查海生，也就是海子，命中缺水，所以名中有海。他生于1964年农历二月十一，也就是公历3月24日，并非26日，与自杀辞世绝不是同一天。不过，海子的身份证上却写的是农历二月十九日，这样，他的生日就变成4月1日了。所以，海子的诞生日一直存疑到如今，但肯定不是3月26日。

那年3月23日，一些诗人和诗歌爱好者聚在方家胡同的猜火车文化沙龙，以朗诵、演唱、讲述和交流的方式，举行以“春天，十个海子”为主题的海子诞辰五十周年纪念活动，再一次深入到海子刻骨的诗歌中——双手劳动，慰藉心灵。

祖国，以梦为马；海子，以命为诗！从——活在幸福的人间，人类和植物一样幸福；到——用我们横陈于地的骸骨在沙滩上写下：青春！海子从二十五岁的死，到四十五岁的祭，二十年在冥府鬼域中继续前行，那份“秋天深了，王在写诗”的霸气依旧弥漫红尘。

海子最喜欢的小说家英国籍波兰人约瑟夫·康拉德的墓碑上，刻有英国浪漫主义诗人斯宾塞的一首诗——劳累后的睡眠、暴风后的港口、战乱后的和平、生命后的死亡，这是最大的快乐！海子以康拉德“黑暗心脏”为指引，切入到“黑色疯长八丈，大风隐隐”的虚空，顿时死亡翩跹，空虚盖世。

记得2009年3月25日晚9时45分，北京站月台的春夜中渗出寒意，开往合肥Z73次直达列车即将启动，海子生前挚友、诗人西川以牙买加飞人博尔特冲刺的速度，抢在火车一声长笛之前，登上直奔海子家乡的列车。这一刻，我差点给月台上奔跑的西川朗诵他的诗——所有的人都闭上嘴，亡者呵，出现吧！因为暮色是一场梦——沉默获得了纯洁。西川与海子，是两个并肩驰骋的名字。

合肥晴朗，怀宁更加晴朗，中国南方的天空无比晴朗，正午的阳光直射查湾，打在海子的墓地上。一座田园，一片乡村，绿草绵绵，野花艳艳，一阵低回的清风传唱海子的诗篇。

海子母校高河中学的师生开始咏读海子的《面朝大海，春暖花开》，开始吟诵海子的《亚洲铜》。曾有一位初级诗歌青年问我：为什么只有面朝大海，才能春暖花开，面朝别的不能春暖花开吗？我说——废话！面朝我这种人，能春暖花开吗？还有一个诗歌爱好者问我：海子为什么老说亚洲铜，亚洲铜？我说——因为我们小时候觉着铜最贵，那时候没见过金银，铜为大。

跟海子的父亲、七十七岁的查振全干了一杯酒，我说了句——面朝酒杯，春暖花开！老爷子手在颤抖，一杯下肚。海子的堂妹查平生比较能喝，我们干了七八杯白酒，我差点儿把海子的《海水没顶》改成“酒水没顶”送给她——灯上我恍惚遇见这个酒魂，喝着大酒而去！海子生前也是个酒鬼，酒量不大，但敢喝，怒喝！曾经是我在幸存者诗人俱乐部的诗友，头一回喝白酒，就二两一干。

午夜，西川将海子的遗物送到查湾海子的家，与海子双亲铭心长谈，这时候吴头楚尾的楚尾下起了雨，仿佛有招魂之意，我在祭奠海子的雨中，说出一首诗——我请求：雨！

海子的祭日一过，第二天，整个怀宁、整个安庆都浸泡在雨水中，这是2009年长江之畔的春雨，砸进1989年山海关的铁轨……

望着昨夜喝剩的酒杯——一只空杯子内的父亲啊，内心的鞭子将我们绑在一起抽打！

死亡只能提及一次。所以西川说——以后我只跟海子谈海子，跟别人不谈。

从妹妹的梦乡，来到姐姐的岁月——姐姐，今夜我在德令哈；姐姐，今夜我在798；姐姐，今夜我在欧罗巴；姐姐，今夜我在温哥华；姐姐，今夜我在喜马拉雅，灵魂暴走巍峨年华……

突然，2017年的一个夏夜，海子的堂妹查平生发来微信，海子的父亲查振全辞世，享年八十四岁。

海子可以——站在太阳痛苦的芒上，迎接父亲的到来，他们在天国团聚，我们在人间仰望。唯有大悲可以诉说——当我痛苦地站在你的面前，你不能说我一无所有，你不能说我两手空空……

时光延至2019年，来到海子三十周年祭日，只有一句诗可以传达对诗人海子最响亮的纪念——我把天空和大地打扫干干净净，归还一个陌不相识的人。

二一　游吟在女人唇边

在八十年代那个诗歌的峥嵘岁月，给女人写诗、为女人浪诗是体现男性才华的主要方式，同时也是博取异性倾心和崇拜的绝佳手段，诗歌是赋予女人的奢侈品，也成为她们心灵的避难所。那时，我们经常把诗句挂在嘴边，送到女人唇边，在北京这座文学气息汹涌萌动的城市，夜色中有多少星眸，等待诗歌的切入。她们喝着“二锅头”或“北京散啤”，抽着“天坛黑棍”或“大众劣质烟草”，跟我们这些由无业游民组成的全职诗人一宿一宿聊诗，在诗韵铿锵与酒意纵横中完成了一次次刷夜。

黑大春从一开始就把诗歌朗诵定位于“浪诗”，每年在他清明节过生日时，都要搞个诗歌聚会，男人们尽情浪着，女人们忘情听着，浪漫主义、象征主义、唯美主义、颓废主义的花朵在春夜绽放。“谈谈爱情谈谈生命也顺便谈谈死亡”，这是“圆明园酒鬼”黑大春扫荡八十年代的名句，从密云水库到人定湖，从55公里到北滨河，从中关村到东直门，从西三旗到大山子，诗歌的游魂在星空下疾奔，我们身边是那些颓废得像“恶之花”一样的文学女青年，优美得像白睡莲一样的诗歌女混混。在爱情、生命、死亡的鲜亮意象中，我们青春的空酒瓶可以从北小街排列到北新桥。

玛丽娜·茨维塔耶娃在她十七岁时傲然写下——我抒写青春和死亡的诗，一直不曾有人唱吟，我的诗覆满灰尘封闭在书里，从前和现在都不曾有人问津，我那琼浆玉液醉人的诗，红运即将把你们照临。这是我们那个时代女文青的座右铭，可以想象当时她们的诗歌起点有多高，根本就不把徐志摩和郭沫若放在眼里，上来就是西方现代派，直接就奔美国自白派自杀女诗人安妮·塞克斯顿《赞美我的子宫》的路子上冲。

1986年在木樨地通向玉渊潭的夏夜，我和黑大春给随行的女诗青浪着巴勃罗·聂鲁达——自从让我爱上，你便与众不同。让我铺开你，在黄色花环里，谁在南方群星之间用烟写你的名字？啊，让我记住你前身的模样。那时候，一句诗、一个意象、一片词语、一个韵脚，就能撼动一个姑娘的内心，何况我们高喊的是聂鲁达的——美洲的爱跟我一起攀登！虽然最后只能让“八大处的爱跟我一起攀登”，但也足以拨响那些与诗歌一同跳动的心弦。

进入二十一世纪，诗歌已近绝尘，送达女人身边已得不到回声。有一次，我给一个自称有文化的女孩念了句老北岛：“世界小得像一条街的布景，我们相遇了，你点点头，省略了所有往事。”她说：“吹了不就完了呗，干吗这么磨叽？”我说：“是吹了，可是泪水，就连泪水也都不相信。”她说：“嗨，不相信又怎样，张惠妹不也没脾气吗？”

靠，没法聊！

二二　倚着目光的栏杆

约瑟夫·布罗茨基说：“语言比国家更古老，诗歌比历史更永久。”但是，进入二十一世纪，诗歌高贵风雅的含义已被消解，只剩下一层风化的表皮，被荒弃在不为人知的角落。

在二十世纪八十年代末，只要你脱口而出一句：“在上帝加速的夏季末日，在橙红色的日潮中，这一天被风吹落。”女文青的目光立马投向你，打量你灵魂的风度。那时诗人集稀有动物与精神贵族于一体，在乌泱泱满大街迎风向前的“文青”和“诗青”大军中，他们一声高吟，便有无数知音蜂拥而至，环绕在诗人的周围，听他们吟诵着：“这里，石头是孤独的，而怀着宽宏和忧郁，灵魂的你呵，跋涉在白天永不到来的长夜。”那些被诗歌击中要害的女文青，带着石头般的孤独，与我们一起陷入这白天永不到来的长夜。

那时，我们穿梭于首都各大院校，巡回朗诵，获得的拥戴比1995年的北京国安毫不逊色。那时，不用多，只要一句具有穿透力的“意象词语”，女文青在你面前不崩溃也战栗至少内心激荡难以平息。比如“倚着目光的栏杆”，比如“灯心绒幸福的舞蹈”，比如“横渡双唇海峡”，比如“岁月的刀涂着口红在肉体上歌唱”。在沙滩的“红地毯”酒吧，一个女诗青曾就“倚着目光的栏杆”跟我探讨了四个小时，第二天，她深有体会地告诉我：我也写出一句，“撩开时间的秀发”。

那时候，我们行走在语言之乡，呼号在中关村街头，在北大、在人大、在师大、在师院、在外院、在国关、在林学院，还杀到广院和中戏，诗句在每一个文学女青年的睫毛上驻足，那才叫生命中不能承受之轻呢。多少次，在新街口“和丰饭馆”，我们呕吐着呛人的诗篇，在女青年的搀扶之下，迈向人生，迅速把人生甩在身后。

现在哪还有这种戏呀？一首流行歌能把整个诗坛给灭了。“你伤害了我，还一笑而过”，哪首诗敢跟流行歌曲比呀？再说了，现在的“物质女孩”哪那么容易被云山雾罩的诗歌语言打动？钱还没挣够呢，哪儿有工夫“倚着目光的栏杆”，“撩开时间的秀发”？找耽误自己呢！

二三　琴流感

——在花园的香气中，在薰衣草和晚祷歌的气息中，在星期日的一片宁静里，她写信给我。

如今已经不兴写信，所以我把瑞典诗人拉格克维斯特的诗句改成——她MSN给我。

最近跟一个女人聊上诗，在MSN一聊就是一下午。她从十岁开始写诗，比较能写，但不滥写，有些女人把诗写得很烂，她比较控制。

——山中，你低眉凝视小路，可能的陌生人即将出现：面目和善，青色衣衫，你伸出一双手在梅雨后的阳光下，把光阴打散。

我喜欢这种娓娓道来的叙事节奏，特别是从一个女人素朴的内心而来，有一股恬淡的女人味。

语言是流淌的，词语是光滑的，女性的言语应该充满柔性，在柔性之光中建立温柔的暴力。我曾跟一个老爱用身体写作的女人说：只要你不瞎写，世界将多么美好。从此她再也不理我了，还继续瞎写。

诗意的语言中有琴声悦耳，秋天的盒子里布满音符，你要掌握节奏，在词语的节奏中行走，在音律的顿挫中，不惜人生受挫。

一片词语就是一缕琴声，我发现一个人，她在提琴中等我，所以我得了琴流感。一如那女人的诗句——木棉生来就为了凋落，英雄挽歌，在路边迟滞的风里，堵塞你的咽喉。沉闷就是三月的呻吟，深呼吸，深呼吸！

很久没跟女人聊诗了，这一次往深了聊，聊出一种深刻，聊到诗歌那种绝尘的风度，一直聊到冰岛诗人马格努松冰刃般的字句——记忆突然碎裂成很多夜晚，碎裂的声音，在我拾起碎片并扔进那将其融为一体的白昼的强光中时，在我的体内回响，制成一件新甲胄的铁片。

二十六岁时读玛格丽特·杜拉斯的《琴声如诉》，在我四十六岁时，那片琴声依旧在我骨骼中穿刺——她发现喝酒就是对她直到如今还是暧昧不明的欲望的证实，也是对这个发现的一种差强人意的安慰。

对酗酒女王杜拉斯来说，这就是罪恶酒精带来的音符，像歌唱一样的中板，产生种种变调、和声与和弦。

这个秋冬，禽流感在远方奔袭，我在内心守候，守候我二十年前的“琴流感”。

二四　几片词语

在霄云路、女人街、莱太花卉和星巴路酒吧街的暮色中，在美国和韩国新大使馆工地的飞尘中，鸽子们抖动春天的翅膀，几片词语在我手中冰凉。黄色的工程帽、晚风中百合花的残香、女人乍暖还寒的秋波已在春天闪烁。

词语堆积的四月，修辞盛开，语法茂盛，张力扩展，反讽高扬。我把词语输进女人的腰间，因为我腰间盘突出，再也承受不了语言的压力。一片词语，足以击倒一个灵魂。比如我，某天突然从一个二逼跃升为一个诗人，想起了希腊诗人乔治·塞弗里斯获得诺贝尔文学奖时的受奖演说——今天我们需要听那种我们称之为诗歌的声音，那种由于缺乏爱而经常处于被消灭的危险之中但又往往复活了的声音。于是我直奔十里河建材市场，质问“诺贝尔瓷砖”的经销商：凭什么——你们如此败坏我对诺贝尔文学奖的崇拜？

词语就像一根软肋，紧锁在心脏周围。我比较喜欢“岁月”这个词，埃利蒂斯曾经写过——打掉了胎儿的岁月的空洞的子宫！我跟女孩们总爱说——记住岁月，哪怕你忘记自己的岁数，也要在岁月中，养育风月。

“等”这片词语，是耐力、韧性、持久战和宏大相思的产物。巴勃罗·聂鲁达曾写过——有一个人，她在提琴中等我。我在网上跟女子聊天时，爱说——我在等。等什么呢？不等什么，就是等！等不来也要等，等完了还继续等，所以擅长等的人都比较轴。

“空气”，是一道透明的词语，跟呼吸拴成一个死结。正如蔡健雅所唱——呼吸，呼吸没有你的空气，夜没有模糊我自己……呼吸，我需要多一点空气，思念几乎让人窒息。谁呼吸都是奔着氧气走，对着二氧化碳只能咽气。一个女孩跟我说：最近住学校，不方便上网。我说：不上网，还有短信；没有短信，还有你；没有你，还有气息；没有气息，还有追忆；没有追忆，还有空气；没有空气，还有生命的一口气。

“依你”，这是一个安抚性极强的词语。当女的破碎之际心灵分裂神经败落情感挣扎姿态纷乱需要慰藉时，你不用长篇大论，只淡淡道出两个字——依你。这一夜她即可安然入睡，当然第二天醒来接着崩溃再说。语言的冷兵器不用那么炽热，文字的凝聚力何必洋洋洒洒？爱就一个字，不爱无非两个字。对她说：依你。她说：什么都依吗？你就说：都依。她还要问：怎么依我？你就答：灵肉双依。

“靠”，这是二十一世纪的网络激进语。我不喜欢它的原始意义，而喜欢它的歧义。就“靠”的粗鄙含义来说，我已用“铐”来取代，请不要误解，不是“铐”起来的意思，我没那么SM。我已经把“靠”演化成“靠不靠谱”之意，“靠”就是“靠谱”，“不靠”就是“不靠谱”。已经训练出不少女孩习惯性问我：我靠吗？出于礼貌，我一般都回答：略靠。

二五　从碴诗到碴歌

东直门往西，沿簋街西下，离MAO不远，宝钞胡同奔鼓楼的路上，有一家“兄弟川菜”，这里由于据守南锣鼓巷北口，便成为文艺愤青刷夜碴歌的重要据点。

那天，我在“兄弟川菜”着实跟半地摇半民谣的音乐青年混了一把，才知道簋街到鼓楼一带漂着几百位流浪歌手，他们靠着在餐厅饭馆给客人唱歌养活自己，玩着自己的音乐小理想，挣点儿酒钱饭钱，关键是图个自由自在，性情张扬。

二十世纪八十年代那阵儿，我们写诗的也像他们这么混过，那时我们也二十郎当岁，眼里只有诗歌，经常聚在小酒馆里喝酒聊诗，喝着喝着就碴起诗来。我上来就读我喜欢的巴勃罗·聂鲁达——你的回忆是亮光、是烟云、是一池静水！傍晚的红霞在你眼睛深处燃烧，秋天的枯叶在你心灵里旋舞。跟着就有人接上叶赛宁——亲爱的一双小手像对天鹅，在我金发的波浪中浮游，世界上只要有人群的地方，爱情的歌就会被反复歌唱。然后就有人立起身，一只脚踩在板凳上，高声吟唱迪兰·托马斯的冷血诗章——而死亡也不能统治万物，赤裸的死者会同风中的人，与西沉明月中的人合为一体。当骨头被剔净白骨变成灰，他们会有星星。接下来就是某人高歌埃利蒂斯透明的诗句——第一滴雨淹死了夏季，那些诞生过星光的言语全被淋湿。其他桌吃饭的顾客在我们的浪诗中悄然说道：他们诗人真牛，就好像别人不存在一样，他们说的什么咱也听不懂。

二十多年后，我在酒桌上看到80后游吟歌手聚会弹唱，仿佛是昨天，仿佛是昨天，却已回不去那天，回不去那一刻缠绵。但是不要紧，在赵传和辛晓琪的歌声中，50后的诗歌与80后的音乐留在了今天。

酒向纵深发展，80后歌手进入奔放的碴歌阶段，吉他响起，谁先来？一位男民谣率先唱响——后来，我总算学会了，如何去爱。可惜你，早已远去，消失在人海。后来，终于在眼泪中明白，有些人，一旦错过就不再。耶！这个飙歌的开始曲开得好，一上来就后来。记得有一次我问大哥李宗盛，刘若英怎么一上来就后来，她前面都干吗了？李宗盛被问得一愣：是啊，她怎么一上来就后来，下次见着她我一定要问问，前面出什么事了？后来，一位后海酒吧的驻店女歌手接着唱——当我还是，一个懵懂的女孩，遇到爱，不懂爱，从过去，到现在，直到他，也离开，留我在云海徘徊，明白没人能取代，他曾给我的信赖。一位R&B的自修青年立马接唱——我送你离开，千里之外，你无声黑白。沉默年代，或许不该，太遥远的相爱。另一位演艺女青年不甘示弱，马上跟进——其实身为一个女人，可以不必忍耐，等人来陪等人来爱。但我遇上你这男人，就像陷入大海，提也不起放也放不开。

于是在座70后80后文艺中青年一致建议仙儿哥出场，浪首诗，我说我就不浪诗了，今儿个是歌的海洋，我就浪首老狼《北京的冬天》——北京的冬天，飘着白雪，这纷飞的季节，让我无法拒绝，今朝酒醒何处？杨柳岸晓风残月……

80后歌手已进入到碴歌的激烈情绪中，一男——谁知道又和你，相遇在人海，命运如此安排，总叫人无奈。这些年过得不好不坏，只是好像少了一个人存在，而我渐渐明白，你仍然是我不变的关怀。一女——一段情宁愿短暂精彩，还是先去问它会不会有将来？一份爱如果消失得太快，你可不可以当它是命运的安排？All those lonely night lonely night，多么难挨。爱过的人都明白，挥不去也甩不开，是伤悲的情怀。另一男——我等的船还不来，我等的人还不明白，寂寞默默沉没，沉入海。另一女——我踩着不变的步伐，是为了配合你的到来，在慌张迟疑的时候，请跟我来。

碴到这份儿上，歌已然碴嗨了，又一男——你快回来，我一人承受不来；你快回来，生命因你而精彩；你快回来，把我的思念带回来，别让我的心空如大海。又一女——天天都需要你爱，我的心只有你在，I love you，我就是要你让我每天都精彩。再一男——死了都要爱！不淋漓尽致不痛快，感情多深只有这样，才足够表白。死了都要爱！不哭到微笑不痛快，宇宙毁灭心还在。再一女——我遇见谁，会有怎样的对白？我等的人，他在多远的未来？我听见风，来自地铁和人海，我排着队，拿着爱的号码牌。

最后男女对阵高歌，女人们——十个男人、七个傻、八个呆、九个坏、还有一个人人爱。姐妹们跳出来，就算甜言蜜语，把他骗过来，好好爱，不再让他离开。男人们——玩够了没有？我不想再等待；玩够了没有？你心何时才能收回来；玩够了没有？我不想再忍耐；玩够了没有？请你把诱惑看开；玩够了没有？我等你回来！

整个鼓楼在我们的歌声中变成了瘪楼。我赶紧劝大家——适可而止，适可而止，别一会儿把零点乐队招来。

二六　冰刀下呲妞

进入1980年的初冬，我们盼望着严寒早日到来，北海、什刹海、中山公园、陶然亭、八一湖、昆明湖早日冰封，寒冬来得越早越好，那样我们就可以滑冰了。北京一进入秋末，年轻人就开始晨起跑步，不是为了参加北京冬季长跑比赛，而是为了给两个月左右的冰期，打下体能的底子。因为速滑的跑圈特别消耗体力，蹬冰时脚踝的耐力特别需要加强，所以那时我们都自觉地进行中长跑训练，为的就是能在冰场上长时间驰骋。

可以说句比较尖刻的话，在八十年代初期，北京男人不会滑冰，基本上没女人搭理，当时北京男人的光棍行列中，估计得有九成是因为不会滑冰而找不着对象的。冰场成为情场并不为过，越飒的妞越往冰场里扎，有些姐们并不是对滑冰感兴趣，而是对怎样被男人拍成婆子感兴趣。那时候的恋爱关系也比较直给，一次亲密接触过后，男的向别人介绍自己女伴只有一句话：这是我媳妇；同样，女的向别人介绍自己男友也只一句：这是我爷们儿。

北京的冰史风起于七十年代中，潮涌于八十年代初，从野冰史到水冰史，其实就是冰上拍婆子史。我们那时管找对象追女人叫拍婆子，类似现在的泡妞。所谓野冰，就是无人管理的河面湖面窑坑水坑形成的天然冰场；所谓水冰，就是为了区别之后兴起的旱冰。我对旱冰不感冒，1982年头一次去了工体旱冰场，一帮日坛中学的女生正在身轻如燕，轻盈穿梭。天哪，那时我还不会说“买尬”！昔日滑旱冰的日坛女生中最次的，现今一回想，也领先于刘亦菲的体貌特征。

中国女人的媚眼可追溯到女娲时代，那时期的秋波还比较纯真，而淫邪的眼风则由妲己双目缔建，到了褒姒这里，已直奔现代的淫荡。而我们在八十年代中国改革开放初期，用冰刀下的青春迎来的异性秋波，基本上纯的成分大，淫的成分少。但也有例外，我们当中一个十九岁的孩子，被一个二十四岁的大姐在中山公园一眼盯上，我们那位现在可以称作“小鲜肉”的孩子说：那大姐一眼就把我砌进城墙里了，我只能从了。

当时我生活的酒仙桥一带建起了“电子滑冰场”，因为我们这片儿属于电子城，所以叫“电子滑冰场”，别误解为是用电子技术控制冰面。小时候，只要一听到瓦尔德退费尔《溜冰圆舞曲》的旋律，我就坐不住了。于是，在晴朗的冬夜，北京东郊大山子、王爷坟、将台路、酒仙桥、驼房营、小庙、东坝、七棵树、安家楼一带的有志青年，带着二锅头和北京散啤的酒气，齐聚“电子滑冰场”，在众多青年女工冰清玉洁的媚眼中，兜起了大圈。

我记得特别清楚，刚好在1984年隆冬，我交了一个798的女友，在12月31日这天黄昏，我们一帮“上岗职工”从北海后门涌入野冰驰骋。夜色来临，北海为庆祝新年灯火通明，鞭炮齐鸣，我们也在冰面上放起了“二踢脚”，天上圆月弯刀照彻神州，地上庶民同享社会主义美好生活。

在北海的冰面上，脚下是冰刀，天空是皓月。我们打开二锅头，一男一女开始喝酒传舌头，所谓传舌头后来就叫打Kiss。Kiss仪式完毕，我们开始兜圈滑冰，北海的工作人员，准时为我们播放《溜冰圆舞曲》。

我们的军大氅、羽绒服在北海的冰面上聚成一座小山，我打头阵，灌一口二勒子，然后飞驰而来，在这座衣服的小山上，完成一次空中跳跃。每个青年男工跳跃完毕，马上迎来年轻女工的阵阵舌吻。最精彩的是我们那个十九岁的孩子，在衣服堆起的小山包上漂亮地完成空中转体180度，所有女工鲜花般的舌苔，都扎进了他的口腔，给丫美得那操行，可丫还不领情：呸，那丫头有口臭！

在1984年辞旧迎新的北海之夜，我们穿着吉林长白刀站在冰面上，一男工一女工面对面贴着，酒气喷吐着誓言，誓言像冰刀一样光芒锋利：明儿搬我家来住吧？成，我们家老头老太太要不同意，我就跟他们脱离关系。我们家老头老太太要不让你住，我就跟他们断绝往来！

冰刀下呲妞，这冰刀下的誓言，在北海夜晚的冰面上，呲起片片冰花……

二七　喇叭有多酷

在我们那个与青春有关的岁月中，除了与改革开放同行之外，伴随我们的就是当时北京无限牛逼的“一穿两玩”。一穿指喇叭裤，两玩指跳舞和滑冰。喇叭裤当时还算资产阶级的奇装异服，那时候人们还在讨论“姓资姓社”的问题，我们已管不了许多了，怎么时髦怎么来，怎么拔份儿怎么穿。

1978年春，北京的北海公园经过漫长的封闭之后，终于又对老百姓开放。当时玩得很飘、很猖、很飒、很喇的北京大姑娘们，手提双卡录音机、眼罩茶色蛤蟆镜、身穿大喇叭裤，哼着邓丽君的“我一见你就笑，你那翩翩风采太美妙，跟你在一起，永远没烦恼”，就于北海的春风杨柳中，招摇过市。

1979年夏天，我做了第一条喇叭裤，米黄色、毛涤派力司、裤口8.2寸。那时候，喇叭裤属于资产阶级自由化，商店没得卖，想穿就得自己做。我们都是先去大栅栏或东风市场扯布料，再让人画好裤形示意图，然后去街头裁缝摊那儿裁成布片儿，回家找邻居大姐在“蝴蝶牌”缝纫机上拿线一溜，嘚嗬！一条时髦喇叭裤笔管条直就成了。那年夏天，北京满大街一水儿的米黄喇叭裤，不过有时也上绿下蓝军衣配置，于是便有“狂不狂，看米黄；痞不痞，看屎绿”一说。

进798当临时工之后，我便狂置喇叭裤，大概置了快十条。裤口最嚣张的一条有9寸宽、藏青色、弹力板丝呢。当时喇叭裤比较流行的颜色是铁锈红砖红、烟色咖啡色，还有驼色、浅灰和藏蓝。布料一般是毛涤派力司、弹力板丝呢、大纹哔叽、三合一华达呢、纯毛华达呢、纯毛舍味呢。喇叭裤的裤口在8寸到8寸5之间，女孩子一般不超过8寸，含蓄一点的姑娘不超过7寸5，比较爱穿微型喇叭裤，简称“微喇”，这也为后来风靡一时的筒裤树立了样板。

当时比较有型的女孩，下身是铁锈红、驼色、浅灰喇叭裤或“微喇”，上身是藕荷色、湖蓝色或墨绿色高领毛衣，毛衣质地是纯毛开司米，差一点的是混纺腈纶棉。男青年一度在夏季盛行大翻领男式猎装，短袖、后开气、浅灰色、三合一派力司，下身是同一面料和颜色的微型喇叭裤。

那时，不管是滑水冰还是跳交谊舞，都必穿喇叭裤。喇叭裤口将长白刀、齐齐哈尔刀或加拿大卡尔加里奥赛刀（奥林匹克比赛刀）几乎遮个严实，只露出一点刀锋。

八十年代初，在那个喇叭裤如喇叭花盛开的年代，不穿喇叭裤，觉得特别土，没人搭理你。当年不知道酷，只知道裤，其实一看裤脚，便知喇叭有多酷！

二八　学跳交谊舞

在滑冰之后兴起了跳舞，早期叫“拍婆子舞”，我们一般爱跳“贴面舞”，又叫“两步”。记得1985年我在人大学生食堂的10点舞会上，跟一个女大学生老跳“两步”，女大学生问我：干吗老跳两步呀，咱跳会儿四步？我说：两步就能把你带入人生，四步不就浪费了。

我属于唱歌不好的、跳舞也强不到哪儿去——文艺细胞不灵的那种，至今就没太学好交际舞，可能是我老把交际舞说成“交易舞”，总想在交际的时候，能有交易上的收获。

在改革开放初期，跳舞和滑冰是年轻人的两大娱乐，“磕舞碴冰”是业余生活中的主流文化。那时，我当临时工的装配车间，女工居多，跳舞的瘾倍儿大。工休的时候，连工作服白大褂都不脱，拉着我们这些小男工就练舞。有一个家住丰盛胡同的女工，浓眉大眼，刚强泼辣，号称“平西四”，干活间歇的时候，拉着我就跳，教我跳“平四”。我说：大姐我不会跳。“平西四”说：姐带你跳，你就会跳。我说：跳交易舞都是男的带女的。“平西四”说：你把话说清楚了，什么舞？我理直气壮地说：交易舞呀。“平西四”说：你差点儿让你姐我背过去，就你这水平还当咱车间的宣传员呢？那叫交际舞。

经过一阵交际舞或者交易舞的洗礼，我敢去舞场了。1980年春节前夕，在798职工食堂举行了一个以“大干四化，奔向小康，把青春献给祖国，让爱情充满阳光”为主题的青年职工交谊舞联欢会。我特意穿上瓦灰啥味呢中山装、烟色大纹哔叽喇叭裤，憋着把青春献给四化争取留下一点儿献给那些工人女青年。同时也终于弄清了了是“交谊舞”，既不是“交易舞”，也不是“交际舞”。

在各种圆舞曲的此伏彼起中，一位青春盎然的女工问我：跳舞吗？我说：跳舞。女工问：那你怎么不邀请我？我说：我跳得不好，不敢带你。女工说：那我就带你，我当男的。我说：哪有我这样的女的？太损你们妇女形象了。女工说：没关系，我们妇女的形象跟你一点儿没关系。我说：那我就踏实了。女工说：那还愣着干吗，进场吧。我说：你先给我打个拍子。女工打出的节拍比铿锵玫瑰还铿锵：嘭嚓嚓，嘭嚓嚓，一二三，二二三，三二三……然后我们就踩着点儿，融入音乐与舞蹈之中——幸福的花儿心中开放，爱情的歌儿随风飘荡，我们的心儿飞向远方，憧憬那美好的革命理想。啊，啊，亲爱的人啊携手前进，携手前进，我们的生活充满阳光，充满阳光。

从慢三到快三，从平四到探戈，这一晚我过足了舞瘾，交谊舞的时代还是真的挺纯洁的，我触及的最大禁区，不过是红酥手而已。后来给梁天写剧本时，梁天老跟我强调，看一个女的先看手，这就是年轻时跳交谊舞落下的病根儿。

在北京最流行保龄球时，我经常在家里拿着一卷手纸滑步苦练，突然有一天，我练着练着，“维达”手纸变成了我过去798厂的一个舞伴，那音乐再度响起——并蒂的花儿竞相开放，比翼的鸟儿展翅飞翔，迎着那长征路上战斗的风雨，为祖国贡献出青春和力量。

第二天，在国际饭店的保龄球道上，我二话没说，用标准的“一三入位”，将保龄切到236分。

二九　吃了吗是一种境界

六七十年代，你只要饭点儿上在外面走着，就得准备好别人问你仨字儿——吃了吗？那时候你爸你妈有可能就是这么问着问着，问到一块儿去了。

吃了吗？是中国计划经济时代最强的话语，它具有饥馑年代向温饱年代过渡时期，人们闲着没事儿只靠吃来虚度人生的浓重色彩，基本上也属于没话找话，要不两人见面打招呼说什么呀？这也鲜明反映出那个时代的人情枯燥、话语匮乏、生活无聊。

吃了吗？没呢。没吃到我们家吃去，走走走。别介，我们家刚做的，我妈正喊我回家吃饭呢。你们家做得那不灵，来我们家吃，我们家今儿红烧带鱼外加雪里蕻炒肉丝，还切了盘粉肠，你准爱吃。阿姨您就别张罗了，赶紧去找你们家闺女吧。我们家闺女在哪儿呢？干啥呢？就在那边，跟几个不三不四的男的正耍呢。啊，这还得了，耍啥呢？我也没看清楚耍啥，反正正耍得起劲儿呢。您再不找她去，她就要大发了。

在吃了吗后面，是另外两句问候语——上班了吗？有对象了吗？中华民族的劣根性就喜欢假模假式关心别人，靠关心别人来增强自己的优越感或乐趣，还喜欢探听个小道消息什么的，恨不得把别人的私生活打听成自己的私生活。所以，中国是世界上八卦人口最多的国家，不单纯是人多，完全是爱好都一样。

其实在吃了吗上班了吗有对象了吗后面，还有一句令人发中指、带有准流氓色彩的问候——你们那个了吗？或者你跟对象那个了吗？而且越传统越保守越正经越积极向上的人，越爱问这种无耻下流的话儿。当初我的几个工人师傅就老爱问我——小王，你跟对象那个了吗？弄得我真不好回答，我要回答跟她那个了，师傅立马就会问出下一句——她是处女吗？

窝草，我又得窝草了，三菊花不离脑本行！

不聊窝草了，聊吃了吗。现如今这二十一世纪，吃了吗绝对是一股子境界了，尤其对80后90后来说，他们根本不知道“吃了吗”的强大语境——那曾经是中国所有老百姓的生活语言。那时候我们就这么无聊，就在这么无聊中，生活被我们聊晕了，生活都被我们聊得没意义了。生活刚一有意义，我们立马就给丫聊废了。

吃了吗？没吃。还不赶紧吃去呀，跟这儿瞎晃悠什么呢？吃了吗？吃了。吃啥了？熬白菜。就吃这个呀，还吃啥了？木须肉、烧茄子。可以呀，主食吃啥了？贴面饼子。光吃没喝呀？醺了二两。看出来了，我说你小子走路咋有点儿飘呢？不是我走路飘，是被您这一问，给问飘的。这不是师傅关心你吗，上班了吗？

我赶紧接上——有对象了吗？对象是处女吗？少来，我懂！咱能不能问点儿别的？师傅说——你家对门那姑娘有对象了吗？我儿子看上她了。

嗐，这就是中国人当年闲得睾丸疼的真实写照，不过那时还有一句彪悍的问候语——你丫还活着呢！

三〇 你妈叫你回家吃饭

到底出了啥情况呢？原来是——你妈叫你回家吃饭。时隔二三十年，这句话又回响在神州大地，老没听着了，乍一听，倍儿亲切！

你妈叫你回家吃饭——这一句话，把中国打回三十年前的原型。记得我当年还说过——你姐叫你回家吃饭、你奶叫你回家吃饭。谁叫你回家吃饭，都不重要，重要的是如此过气的叫法却又神奇复活，以另一种话语姿态深入人心，并且越琢磨越觉得这句话有着纵深的含义。

现在再说“你妈叫你回家吃饭”，近乎骂人呢。谁还回家吃饭呢？谁不在外头吃呀？谁还没事儿老跟妈一起吃呀？但是，语境通幽处，修辞有深度，一句“你妈叫你回家吃饭”轻飘飘地假装跟谁都没关系，却又直指语言的核心，完成了一次对人生意义的盛大消解。

情况是这样的，我们在上初中的时候，就是二十世纪七十年代中段，常挂在嘴边的两句话就是——你妈叫你回家吃饭；不知道回家问你爸去！姜文老师曾经在《太阳照常升起》的媒体见面会上，用“不知道回家问你爸去”灭过记者，估计下次他再面对记者无休止的提问就该说——别问了，都几点了，你妈没叫你回家吃饭呀？

我们上中学那年代，不喜欢家待着，爱出去玩，一玩就没点儿，经常忘了饭点儿，所以大人们就老得叫我们回家吃饭。晚上一到六七点，大人们——以当妈的为主，就在楼外面高喊——小凤，回家吃饭！三儿，回家吃饭！有的家里闺女和儿子都在外面野呢，就变成——小凤、三儿，赶紧回家吃饭。

叫不着呀，这成功率多低呀，当妈的哪知道自己的孩子在哪儿混呢！于是就求别人家的孩子——你帮我叫一下我们家那傻小子，叫他赶紧回家吃饭。面对咱妈，不是，面对阿姨，咱得照办呀，所以“你妈叫你回家吃饭”就成为当时最有号召力的语言了。

偶尔也不，如果我们一起玩的孩子，其中有谁特招人烦，我们就会说——你妈叫你回家吃饭，赶紧滚！也有胆大比较野的孩子，还没在外面耍够呢，不想回家吃饭，就跟我们说——千万别跟我妈说见着我了，别告我妈我在这儿，谁告了我抽谁！其实，如果不是特饿的话，都不想回家吃饭，因为吃完饭再出来，可就费老大劲了。晚饭一过，天一擦黑，家长就把孩子管得跟犯人似的。中国的教育，从家长开始，就不对了。

所以，那时候，谁要回家吃完饭还能溜出来，肯定从家里顺几个窝头和馒头，给那些不想回家吃饭的哥几个垫垫肚子。

当这句“你妈叫你回家吃饭”覆盖网络时，让我想起李春波那首著名的歌的歌词“此致那个敬礼”，有些老语言突然爆发一下生命力，还是蛮震撼的。这使我想起曹操在《赤壁》中灭关羽的那句话——别老以为我过时了，我再怎么过时，也比你入时！

依我看，你妈叫你回家吃饭，还差点儿；我那时还传过一句——那孩子，你妈叫你回家睡觉！

三一　一颗红心，两种准备

最近媳妇学着腌咸鸭蛋，由于初学乍练，手法不到位，蛋黄不红艳，有的蛋黄比蛋白还苍白。我跟她说：你把蛋黄整红点儿不可以吗？她说：那你去吃苏丹红吧。

最花不过多情种，最傻不过被人蒙，最美不过夕阳红，最毒不过苏丹红。

我比较爱吃的红心咸鸭蛋，曾被一抹苏丹红，暗香偷渡。据说这苏丹红可狠了，是号称特级杀手的Ⅳ号，比起原先埋伏在食品中的工业染料，颜色更加娇红，杀伤更加凶猛。

以后见着红的都不敢吃了，我还是个色盲，红色弱，容易被类似苏丹红的红颜蒙着就征服。虽然我辨不清红色，但有一样红色我一望而知，红颜；特别是红颜知己，不望就知，踪着气息就追过去。如果红的再兑点儿粉的，那就更难逃我一双慧眼了，红粉，天哪，红粉就是江山那！一个男人，不跟红粉混，难道还跟白粉混？

打小就喜欢喝个粥五的，喝粥一般都爱就着咸鸭蛋和酱豆腐，我的生命小底蕴，就是在大白粥、咸鸭蛋、酱豆腐的三位一体中，构成如今的思维空间。其中，咸鸭蛋有着不可磨灭的战功，它在千辛万苦的被撮中，怎么也使我的命运打到了今天。一想咸鸭蛋不能吃，几乎断了我的生计，也许黄心的能吃，可万一有苏丹黄呢？

看到红心咸鸭蛋被苏丹红改变了命运，我想起一句老话：一颗红心，两种准备。那时候当不当知青不知道，但要一颗红心，两种准备；考得上考不上大学不知道，但要一颗红心，两种准备；能不能参军去老山前线打自卫反击战不知道，但要一颗红心，两种准备；谈恋爱会不会被对象甩了不知道，但要一颗红心，两种准备。

记得八十年代谈过一个叫小李的对象，她问我：小王，你觉得咱们能成吗？我回答：你说呢，小李？她说：我让你说。我说：还是你说吧。她说：不，就你说。我说：我说不好，还是你说。她说：有啥说不好的，不就一句话，成还是不成？我说：成和不成都没什么，一颗红心，两种准备。她说：什么，两种准备，我跟你这儿干吗呢？瞎耽误工夫呢！说完她扭头就走。我追了一句：那你就剩一种准备了。

我看那红心咸鸭蛋，也是一颗红心，两种准备。含有苏丹红的，憋着要残害人的生命；没含苏丹红的，也盼着红，这年头想红都想疯了，相当网红都想出瘾症了。但一颗红心里，有没有苏丹红下套，像我这样一双二五眼的肉眼，分辨起来难度太大，有分辨苏丹红的工夫，早分辨出几个红颜知己来了。

盖的被子里有黑心棉，吃的鸭蛋里有苏丹红，你说人生咋就这么艰难呢？红心黑心都是良心大大地坏了，那还有什么心能当心呢？可没心也不成啊，那天一个女孩问我：你心里有我吗？我说：有，我心里要没你，要心干吗用呀！听着人都不信。

三二　别黑我大五仁月饼

过中秋，吃月饼，吃完月饼月更明，月不明时月饼明；月亮明，月饼明，月亮月饼互相明，月亮还是故乡明，月饼还是中秋情。故乡明，中秋情，明月中秋同此情，胜过那些一夜情！月饼圆如宝，月亮明如镜，月饼月亮道深情。你非说月亮代表你的心，总赶脚你的心在蒙我的情，月饼好伤情，月亮不答应！

如果真吃月饼的话——啥叫真吃？就是必须吃月饼的话，我首选五仁月饼。当然，我也可以不吃，看别人都吃月饼，偶尔逗逼吃两口。不吃月饼中秋不也过得好好的吗？不吃元宵元宵节不也过得挺滋润的吗？不吃粽子端午节不也过来了吗？不吃饺子大年三十不还叫除夕吗？不吃春饼春天不照样来吗？不贴秋膘秋天不还挺美的吗？龙抬头不剃头头不还被肩膀扛着吗？万圣节不到外头鬼混心里不还藏着鬼吗？光棍节不是光棍不还往女光棍群里扎吗？情人节没情人不是还意淫着情感身体在性幻想中翩然走起吗？

所以，中秋节吃不吃月饼不重要，月亮圆不圆亮不亮不重要，十一黄金周出不出门玩不重要，入秋时节吃没吃着阳澄湖大闸蟹不重要，重要的是一天挨着一天过，中间千万别断了。单不单身不重要，再单身，青春不也度过了吗？结不结婚不重要，再结婚，也不能天天都结吧？

再说这月饼，不少人都烦五仁月饼，嚷嚷着要把五仁赶出月饼界，我们家“五仁君”好端端地没招别人呀？杏仁、核桃仁、花生仁、芝麻仁、瓜子仁，五仁荟萃，何等和谐，透着那么仁义礼智信。我“大五仁”讲伦理，守纲常，温柔敦厚，节操满盈，岁月无声，五仁常青。在熙来攘往奢靡浮华的月饼界，我“大五仁”堪称正人君子，风度饱满似中庭明月，举手投足之间，给人生带来暖暖的安全感。朗朗乾坤，纷纭人世，各位切勿以蛋黄之心，度五仁之腹；休以火腿上的一丝油腥，污我大五仁高洁之名；莫以韭菜叶的俗气，挑战我大五仁的华丽之躯；也别以梅干菜的琐碎，在我大五仁的厚道风骨面前叽叽歪歪。

五仁之首，为杏仁。杏仁——润肺脾、消食积、散滞气，蕴含维生素B及胡萝卜素，亦为减肥美容之良品。五仁之次，为核桃仁。核桃仁——聚含钙磷铁等多种微量元素和矿物质，直奔补强大脑而去，同时也是神经衰弱失眠症的克星。五仁之三，为花生仁。花生仁——与生俱来的维生素E和K以及锌，并含有不饱和脂肪酸，主降胆固醇，防治动脉硬化、高血压和冠心病。五仁之四，为芝麻仁。芝麻仁——其麾下集纳维生素B、E和卵磷脂及膳食纤维，为攻克皮肤病的先锋，亦为养血补气的好材料。五仁之末，瓜子仁。瓜子仁——含有维生素E和磷钾钙镁等营养素，不仅抗癌，还防高血压，同时增进睡眠、增强记忆。可见——五仁月饼是个宝，男女老少离不了。

大五仁既出，天光融合，月色饱满，万千气象，一派神韵。试看今日月饼界，竟是谁家天下？那些黑我大五仁者，必将搬起月饼砸自己的脚。

而眼下，一道指令可能使五仁月饼陷入窘境——国家质检总局与中国国家标准化管理委员会发布的“月饼新国标”中明确指出，五仁月饼是指使用核桃仁、杏仁、橄榄仁、瓜子仁、芝麻仁等五种主要原料加工成馅的月饼。其中橄榄仁批发价约为210元/斤，不少月饼厂家坦言太贵了，可能要停止对五仁月饼的生产。

真的不清楚为何要以昂贵的橄榄仁取代便宜的花生仁，让我大五仁身陷成本危机？望五仁君休得气馁沮丧，努力度过艰难险阻，迈向金碧辉煌的中秋皓月殿堂。

三三　从散啤到扎啤

在马龙·白兰度仙去之际，我还是没改了老把他念成“马龙·白兰地”的毛病，因为在洋酒圈儿中，我最先接触的就是“人头马”“拿破仑”“马爹利”“轩尼诗”。当年一句“人头马一开，好事自然来”的广告，让中国大款差点儿把法国白兰地喝断了。人头比马高贵，所以我觉得“人头马”有点儿嘲弄人格；“拿破仑”容易乱伦，我还是躲它远点儿；“马爹利”容易念成“马爹的”，我还不想当爸呢。所以四大白兰地中，我独取“轩尼诗”，逼着媳妇用“娇韵诗”。媳妇说：你真是一酸诗人，连压的韵都那么骄娇二气。

七十年代，民间有一佳对，叫“三星白兰地，五月黄梅天”，这句对偶是我日后染指“干邑·高妮雅克”的动力。但在我喝酒伊始，打造我暴饮江湖口味的是啤酒，深入北京酒鬼的暗黄色“散啤”，散漫而沁人心脾的“北京升啤”。那时北京街头大姑娘小伙子扎堆喝着“散啤”，喝完了真不想散，不见不散，见了更不散。天下就有不散的筵席！

进入九十年代，我迅速走向“扎啤”，在北京饭店一楼古玩店边上，有一个酒吧，15元的“北京扎啤”和25元的“卢云堡扎啤”，成为我1991年的啤酒主打。当时我一月也就三四百元，但就敢冲“扎啤”，我虽然没钱，但是有酒量，当时我深信酒量就是钱。“卢云堡”在北京没立住，很快就被“嘉士伯”取代，可当时，觉得自己但凡有点儿文化的，都不说“嘉士伯”，而说“卡尔斯堡”，那才是在东长安街一带老出没的“范儿”。

当年在北京我有一篇纵横酒坛的小文——《一扎飘然》。一扎确实就得飘然，但要从飘然到陶然，得有一个漫长的过程，那是走到八扎以后的事儿了，基本十扎左右，白居易“与君一醉一陶然”的感觉才出来。

1994年，老去丽度饭店附近的“英国酒吧”，跟一帮鬼子逗“青岛扎啤”。不会英文，但是就能比英语六级生更能跟老外聊嗨了。我跟一个杜塞尔多夫的德国佬，从斯蒂芬·格拉芙直聊到君特·格拉斯，他觉得中国人真有德国文化，借着喝高聊美的劲儿，他玩儿命跟酒吧女服务员套瓷，老说他只会的那句中文——妹妹，你大胆往前走！酒吧女服务员给我使了一眼色，眼色中似乎还有些情色，意思分明是——快点儿把这傻帽老外灌高了，让他赶紧滚，老跟这儿磨叽多烦呢！于是，我用我最擅长的“切耳丝”，终于让德国鬼子喷出一句英文——吐猫撸。

三四　下沟·分瓶·三连踹

1992年，保龄球开始流行，瞬时间就冲向“全民保龄”的新高潮。

那时候，独立的保龄球馆几乎没有，一般都隶属于饭店，我几乎打遍了北京四星和五星级宾馆的球道，连新大都饭店那么烂的道都不放过。后来老去民族园一带的幻象阿波罗保龄球馆，就是杨丽萍的台湾老公汤尼开的那个，再后来就落脚于工体钰泰保龄球中心，就是俗称的工体100道。如今工体100道已成为北京著名的“夜店一条街”，喜欢夜生活的人经常在这里聚集——唐会美丽汇，而“歌必唱”那些K包飙歌的地方，就是我昔日正手小弧线一三入位将保龄全揣之地，如今变成了新糖果。

玩保龄球，终于发现这是一项最接近专业选手的体育项目。

男子100米跑的世界纪录是9.69秒，我百米跑的个人纪录是15.5秒；索托马约尔玩似的就跳过两米四，我跳一米二貌似还得服用“麻黄碱”。

但是打保龄，最高纪录十二连踹是300分，我最高分是236，达到世界纪录的79%。

我从小喜欢打弹弓子、砍土拉坷仗、玩弹球，这也许就是保龄运动早期的辅助化训练。

记得第一次打保龄，是在丽都饭店参加首都体育记者保龄球比赛，我的表现就跟汉城奥运会上的中国足球队一样，被人们说成是“最没进取的人”。

我抓起一个蓝12磅，以一招“流星赶月”哐当一声把保龄球拽进球道，真是出手迅雷不及掩耳，气势雷霆万钧轰鸣，可是球没轱辘多远，便一个趔趄，栽沟里了。正好，韩乔生老师在我的邻道比赛，抽空还过来指点我，越指点我越往沟里扔。这样连扔了一打，基本都下沟，记分小姐都烦了，心想派你来给我们洗沟呢这是。

第一局，我打了35分，偷偷瞟了一眼韩老师的记分，也就42分，我再也不接受他的指点了，不过第二局也好不到哪儿去，38分。跟中国足球一样，起点多低呀！于是我知耻而后勇，开始走保龄与健身相结合的路线，在国际饭店进行封闭式的强化训练。

我终于打出第一个“踹”——全中！顿感什么叫摧枯拉朽，白色的球瓶被踹得四溅乱飞，于空中作鸟兽散，球与瓶之间撞击的铿锵之声，感觉比唐诗宋词还要合辙押韵。

有段时间，我老被分瓶困扰着，“分瓶”就是保龄的不治之症，像一个被拔了牙的“豁子”。你把中间的瓶都扫了，左右底角顽固地坚守着两个瓶，一出这分瓶，我只能嘀咕一声：嘚，又祁家豁子了。

我最初是打大直线，很容易击中1号瓶，而把6号和10号瓶遗弃在两个死角。为了克服分瓶现象，我变直线为斜线，斜线中加点儿小旋转，顺畅地将球引向一三位，即使过了头还有一二位的全踹可以补救。如此下来，底角分瓶的恶劣现象迅速减少。

这项技术改进之后，我在丽都饭店突破200分大关，又在国际饭店创造236分的个人最高纪录。在练习和比赛中，我屡屡打出“三连踹”来，虽然不如中国女排的“三连冠”那么辉煌，但也算是我个人体育生涯中的一座高峰。

三五　夏利汉显希尔佐丹奴

在二十世纪九十年代中期，假如你是个混得不错的打工仔，身穿佐丹奴，出门打夏利，抠机用汉显，抽烟叼希尔。

夏利汉显希尔佐丹奴，你混成一高级马仔，有必要嘚瑟一下。

台球，你是“线绷”与“薄蹭”齐飞；搓麻，你是“混悠”与“条龙”一色；保龄，你是小弧线“一三入位”；桑拿，你享受川湘妹子的“港式手法”。

夏利汉显，逢人就显，希尔佐丹奴，走遍天下路。其实你就是一身“混皮”，关键你不是“混儿”，抱不了“五万”跑。

老板是“混儿”，你就是“混皮”。省优、部优、国优、葛优，你被老板忽悠起来没完。

夏利汉显希尔佐丹奴，虽然嘚瑟且摆谱，但也是一碗青春饭，说吃完就吃完，臭美也就一眨眼，说不带玩就不带玩。

三六　春节：一个人的烟火

那年春节，进入鼠年，不许狗拿耗子，也不许猫哭老鼠，人家老鼠绝不钻风箱，干吗两头受气？一身正气足够了。

那年春节，进入虎年，当重温虎牢关三英战吕布，插翅虎雷横枷打白秀英，风雪夜杨子荣智取威虎山，志愿军长驱奇袭白虎团。

1960年，我一岁，鼠年春节咋过的呢？早不记得了。问老头老太太，他们也记不清了，好像是“大跃进”还在战鼓催春、三年困难时期已经来临，过了一个“超英赶美”而又艰苦奋斗的春节。

1972年，我十三岁，又一个鼠年春节，在彻底批判林彪反党集团的革命洪流中度过的，全党开展“批林整风”运动，对于林彪反党集团推行的假左真右的反革命修正主义路线，进行了揭发批判。春节前，大概腊月二十八九，我妈一大早就带着我去朝外菜市场，好像是现在昆泰国际大厦那块儿，排队买“西装鸡”，西装鸡是老百姓过年必吃的鸡，就是一种去掉了头、颈和腿带包装的鸡。后来头一回穿西装打领带时，心里还纳闷：西装鸡为啥不叫“中山装鸡”呢，也没见过鸡穿西装呀？

1984年，我二十五岁，再一个鼠年春节，中国已经风风地改革火火地开放了。那年春节我正好初恋，女朋友先到我家吃鸡鸭，然后我去她家撮鱼肉，未来的老丈杆子还给我准备了大对虾，给我开了瓶“泸州二曲”，我们一边吃着喝着聊着，一边听张明敏在春晚上高歌——长江长城黄山黄河，在我心中重千斤，无论何时无论何地，心中一样亲。这种爱国情怀听得我热血沸腾，连几滴冷血也跟着澎湃，于是我举杯敬我女朋友和她爸妈：来，干一个，愿我们心中一样亲！可后来没成亲，元宵节前我和女朋友就掰了，典型的躲得了初一躲不过十五。印象中，这年春节我还跟女朋友一起放过鞭炮，是醴陵钢鞭那种。放炮的时候我还跟她说，你可别崩着我？她说，哈哈，没准！果然后来她就崩了我，生活就喜欢埋下伏笔。

1996年，我三十七岁，再迎来一个鼠年春节，中国已奔着计划经济朝市场经济急剧转型了。这时候已经禁放鞭炮了，而春晚已成为中国各阶层家庭的必修课，边团圆边娱乐，虽然节目大多不怎么样，但气氛有就成了，人们对假大空的正规节目早就习以为常了。这年春节赵本山和范伟表演的小品《三鞭子》还较有特色，赵范组合也逐渐向着“春晚王牌”的霸主地位迈进，而95甲A盛极一时的上海申花和北京国安的球员和教练也荣登春晚，那是中国足球可以当作“城市名片”的蜜月年代。这一年我结婚，春节自然得去媳妇家拜访丈母娘和老丈杆子，温习我擅长跟女方家庭打成一片的功课。春节喝的酒已经上档次了，茅台五粮液简称“茅五粮”的那种，吃的鸡鸭鱼肉的鱼已经不是一般的鱼了，是甲鱼，还有拥有三种文化的鱼——三文鱼。

2008年，我四十九岁，又一个鼠年的春节即将到来，可以放炮了，真好，否则太无聊，光跟春晚耗着了，况且春晚也是王小二过年——一年不如一年。肯定还得接到一堆短信，群发狂收，忒没新意的那种，有心意没新意也可以了，起码享受祝福的乐趣，短信也成春节一景了。

随着年龄增大，年华迟暮，对春节已经看得比较淡了，喜欢春节静着过，回家看看父母，陪媳妇出门逛个街，能碰着酒肉朋友就攒个局，走平淡路线平易风格。其实春节我比较喜欢一个人独闷，面对一个人的烟火，让思绪升空。

1994年，北京突然禁放鞭炮，一禁就禁了一个本命年，一代人本该绚烂喧腾的夜空，变得哑寂黯然。记得狗年燃放开禁，号称“禁改限”，正月的天空立马璀璨万分。在禁放的沉默中熬到狗年，炮仗终于回归，北京的夜空烟火闪耀，不感到振奋，也感到亲切。在我的记忆中，1981年，中国足球冲击西班牙世界杯，主场大胜科威特、客场逆转沙特，北京城都响起了胜利的鞭炮。后来，中国队跟新西兰打附加赛，正赶上春节，我上夜班没法看电视，就盼着炮仗骤响，预示着中国队出线。结果炮仗没响，中国队被新西兰2比1闷死，洗洗睡了。1982年春节，是炮仗最消沉的一年。

迎回炮仗，仿佛失散多年的老情人和久违的前女友，乍现身边。天上一簇烟花，身边一袭红袖，能不能跟中国人和外国人商量商量，把元宵节和情人节并在一起过算了，要不这俩节老撞车，不就吃道“巧克力汤圆”吗？

当鞭炮齐鸣，礼花缤纷，我选择一个人的烟火。在后海银锭桥畔，在靠窗临水的吧椅上坐下，要一瓶“纽卡素”棕苦啤酒，看整个后海冰面上，烟火闪烁，2006，在闪亮！在一个人的烟火中，冰与火双双闪耀，二十一世纪的春节，终于TM叫春节了！

所以时至2008年的春节，我也准备燃起我一个人的烟火，独对空旷，升起光亮。装就装了，我也要装到无语问苍天，苍天反问我的地步。

三七　大食堂

民以食为天，越吃越精细，越吃越华丽。

人们开始吃装修、吃软包、吃VIP、吃总统套、吃异国风情、吃小资产阶级情调。

吃“三刀一斧”，越挨宰越觉得自己是腕、是爷、是款、是大佬。

我自己则吃“大食堂”。

大食堂不是单位的集体食堂，而是新兴的具有民俗色彩的饭馆餐厅。

北京有一家涮锅，叫“饭是钢”，为了证明自己“人是铁”，我连撮好几次。

如今北京又火起一家“庚午大食堂”，在这里可以回首老北京，感觉特民粹。

那一天，带着两瓶67度“烧刀子”，和几个酒友杀到大食堂。

“烧刀子”就是“甑馏”，北京度数最高的白酒，像是用刀子烧成的酒，能不烈吗?

到了大食堂门口，见一位意气风发的中年汉子，中气十足、字正腔圆吼一嗓子：来了，四位！

话音未落，里面暴起一位跑堂的后生，尖尖续了一嗓子：四位，里面请！

落座处是一张四方木桌，桌边四把长条木凳，跑堂清一色中式对襟，千层底布鞋，留着板儿寸。

后生一哈腰，将胳膊上的手巾板儿一抖，麻溜在饭桌上抹了几下，再亮嗓门：四位，沏壶茶！

茶壶是一个巨沉特敦实的圆柱器皿，青瓷上已有几许污黄，显得饱经沧桑而又朴实无华。

点了几道多年没吃的菜：豆腐泡、雪里蕻、苤蓝丝、山野菜、酸菜白肉，一水的老北京家常。

四周一打量，大食堂气势夺人，柜台上雄踞三个大酒坛，各贴一方红纸上书斗大的“酒”，像是提醒客人，来这里一定要多喝。柜台旁的角落里立着一个大酒缸，恰似当年武松把蒋门神媳妇扔里头的酒缸。

靠墙一排都是单座，看似专给那种单身酒客、酒场独行侠准备的；楼上还有一圈雅座，红门绿窗，灯影恍惚，好像总会有个把武林中人，一记“苍鹰搏兔”翻将下来。

在大食堂，吃家常菜，叙家常事，喝着老北京烈酒，快意红尘。听着跑堂一声声气压风云的吆喝，确有豪华饭庄酒池肉林从未有过的豪情。虽然没有纤腰丰乳、玉腿星眸、身着旗袍的漂亮小姐引位带座，但京城老少那股子糙爷们劲儿，更能激发酒兴。

三八　咸亨请客

报社迁址，从建国门搬到朝阳门，这一搬，跟咸亨酒家挨着了。

当记者，免不了迎来送往，迎送日久，感觉自己已像个梁山好汉中的“旱地忽律”朱贵，专事迎送各路好汉，接风洗尘，挥杯饯行。幸好，自家还有点儿酒量，将就能顶住。

有咸亨托底，我略感气派，不似以往，找些寒酸小馆打发朋友了。但我并非腰缠万贯，亦曾有时，囊中羞涩。所以今日请君，明日君回请，来而无往非礼也。何日君再来？君若不再来，不像君子，看不起我。今日之人，君子之交淡如水，已不多了，何不酒化陌生为知己？

所请诸君，虽算不上京中名流，但也是一路偏才。其中有记者、有编辑、有写诗的、有作画的、有搞小说的、有玩电影的、有歌星、有戏子、有下围棋的、有打桥牌的、有喜欢古龙温瑞安的、有迷恋琼瑶席慕蓉的、有公关味十足的职场妇女、有神不守舍四下求职的大学生、有日理万机的商人、有饱食终日无所事事的闲汉……

有些人一请再请，有些人不请自到，有些人请过一次了无踪影，竟还请到了一些拿着护照等签证、拿着签证等机票、拿着机票要出国的镀金人士。林子大了什么鸟都有，鸟大了什么林子都敢去。

请咸亨，必吃黄酒，男人喝“加饭”，女士饮“香雪”，间或换“花雕”，菜一般围绕“绍兴豆腐”“芙蓉虾球”“西湖醋鱼”“梅干菜焖肉”，佐酒的茴香豆必不可少。

北方汉子，喝起黄酒来，酒量惊人，喝白酒的主儿，一喝黄酒，基本没底，一二斤打不住，像是把喝白酒的豪风转来喝黄酒了。宋朝词人贺铸在《六州歌头》一词中吟的“轰饮酒庐，春色浮寒瓮，吸海垂虹”，大概就是指的这种饮酒狂态了。

饮黄酒，酒必温，尤其风雪天，拥杯而坐，看杯中泛起淡淡酒香，袅袅热气。于是有人微醺，谈起了风月；有人清叱一声，生出了感慨；更有人酒酣耳热，开始说文章；酒量差的，已歪在那里，一醉一陶然了。冷眼一望，座中多少豪英，其实不过一介寒士而已。文人雅醉，也似一路景观，唯有与美人对酌，媚眼香腮，端的撩人。也许我，已把咸亨请客，当作一时雅兴了。

天下没有不散的席，终有杯盘狼藉，各自家走的一刻。当此时，便有一句淡定豁达之语脱口而出——分手时潇洒，见面时亲热，见不着就没牵没挂。

三九　桑拿与诗

减肥而去蒸桑拿，湿蒸而后干蒸，蒸蒸日下。

大汗淋漓，凉水相击，冷热交加，两极贯通，如释重负走人。

那芬兰浴干蒸的15分钟，刚开始很是寡味，不似土耳其湿蒸，甫一入内，便汗如雨下，但经常盯不住，又转回干蒸房。

为熬过这一刻钟，便带本外国诗选进去朗读，让人看着确实有病。

头几分钟是细语，读些温柔婉约的，如雅克·普雷维尔的《巴尔巴娜》——

记住吧巴尔巴娜
那一天在布雷斯特雨不停地下
而你走着微笑着像怒放的花朵
幸福地湿漉漉地淋着雨

后几分钟碳里一加水，温度立升，热气贯顶，有点儿扛不住，声音从细语变成呼喊，喊出的便是拉格特维斯特的《进入我心的流血的港口》——

扬起明亮的帆
一个陌生的航海者
进入我心的流血的港口
你的名字
你是谁
无声地驶入这里
把锚抛向深底

朗读诗歌的确有助于提高蒸桑拿的耐力，而桑拿那股赤热的邪劲儿也确实容易刺激出人的激情。

有一回，大汗之下，有一老外推门而入，闭目养神从容蒸着。我热，热得顶不住，我要吼，别拦着我，出口就是聂鲁达的《马楚比楚》——

像一把陨石包裹的剑
我伸出我的颤抖而温柔的手
插进地球生殖力最强的部分

聂鲁达的“九阴白骨爪”，顿使老外落荒而逃。

四〇　流浪记者

在广州跨越了狗年和猪年，回到北京，人们都忙着过年，首都的大街小巷充满了节日气氛。我闲极无聊，整天瞎混，对我这种闲人来说，过不过年都一样，闲得人好像天天在过年。

挺怀念在广州的那段夜生活，每夜泡在酒吧，在“乐与怒”“绿岛”“红太阳”，我结识了一些“流浪记者”。

以前在北京接待过“流浪诗人”，他们抱定“打倒北岛”的坚定信念，日夜兼程，向着紫禁城飞奔。如今在广州见的那些“流浪记者”，或者叫“流浪媒体人”，不像那些“流浪诗人”争着要做中国诗坛第一人，他们只要求将手里的报纸做得漂亮些，在五羊城玩出文化品位来。

东西南北中，打工到广东。这些“流浪记者”像个体小作坊，以“自由撰稿人”的田园写作方式，使广州地区的报纸逐渐变得生动起来。

当然，他们所效力的还只是一些小报，他们的兴趣还停留在文化娱乐圈，广州报纸的文化娱乐版，在这些闯荡江湖的“游击写手”耕耘下，精彩纷呈。

我以为，写文章要先给自己起一个响亮的名号，然后再努力使自己的文字配得上这名号。广州的“流浪记者”很会给自己起名，比如“小李飞刀”“江南藜果”“柳步迎风”“胡一刀”。在报纸商业化初期，这些名号一度威震传媒江湖。

有一夜跟几个“流浪记者”在“红太阳”喝酒，感觉他们特热爱新闻事业，而且都是背井离乡的义气好汉，酒喝得也极爽。

广州要办成“国际大都会”，此时正是求贤若渴，“流浪记者”中的精华，正纷纷投奔五羊城，而国内媒体的“新闻重心”，假以时日，是否会被这些活力四射的“流浪记者”推进到南粤？亦未可知，不过，“新闻南移”的苗头已经出现。

我每年必去一趟广州，感受那里火热的新闻气息，顺便碰一下“流浪记者”手中的酒杯。

四一　北京就是俺的内心

从理论上说，我是一小市民，是一个生活在北京市的居民，所以叫市民。我不高大、不伟大、不博大，也不宏大；有些弱小、狭小、渺小，瞅冷子撮回麻小，所以我是小市民。

随着古都北京阔步迈进二十一世纪，外地的兄弟姐妹大量涌进京城，古老的北京文化中已糅进了新市民文化。我不太清楚新市民文化的确切含义，但是能感到它的存在——我们貌似已不是传统的北京人了，我们更像现代的北京人。而对于经常挂在嘴边的北京文化，我不知道是一种什么文化，我比较怵一种文化，就是假装文化。首先我得整明白，自己算不算老北京、新市民？我在北京从小到大怎么也有五十多年了，我经常自豪地说：我虽然不是共和国的同龄人，但也是比共和国晚生十年的人。身处新中国诞生的国都，北京就是俺的内心。

北京是一种怎样的文化？很简单，北京就是可以找着北的文化、拥有北的文化。你可以说它是胡同文化、四合院文化、军区大院文化、七大姑八大姨文化、北漂文化、国贸中心文化、哇塞我靠欧克欧耶文化、拧巴没谱既二又怨文化，你甚至可以说它是温柔白领与火辣麻小撞击的文化，是“黑夜给了我黑色的眼睛”与“过把瘾就死”巅峰对决出来的文化，是那英王菲与雪村刀郎火拼出来的文化，是三里屯后海簋街与中关村798CBD互相影响的文化。

北京，如今的紫禁城就是一座后现代城，在这座城里有各式各样的文化。有下午3点准点儿到报摊买《北京晚报》的大爷大妈，有在晚霞消失的时候准时出现在青鸟健身中心的风雅小资，有夏日晚不晌在建国门古观象台下狂敲三家的膀爷，有深秋于星巴克独闷卡布奇诺的怨妇，有的人在有多少爱可以重来的磨叽中把人生基本耽误，而有的人在爱你没商量的拼搏中起死回生，有的人在理性的平安大街与癫狂的五环路上游刃有余，有的人在冷漠的婚姻与焦灼的婚外情中一败涂地。

北京的文化，比伦敦激昂，比巴黎亲切，比纽约稳健，比东京温暖，它给人们提供的空间感、归属感蔚为辽阔。可以就近比较上海和广州，上海接近西方，广州接近港台，北京接近内心！

不管是老北京文化，还是新市民文化，都是血肉铸成，有血有肉所以血肉丰满，所以壮怀激烈。

1985年，我交的那个798厂青涩的装配车间女青年跟我说：见着俺爹，你未来的老丈杆子，别谈文化。我问：那谈什么？女青年说：谈什么还用我教？工人家庭，你跟我爸多谈谈酒。于是，八两“四特”，我摆平她爸！

吃喝是北京文化的根儿，一提起吃喝，就想起北京的饭局。吃喝玩乐，吃为先。吃不饱，吃不舒服，就喝不好，玩不起来，乐着没劲。大嘴吃八方，人这张嘴，不仅用来吐痰、接吻、呼气、说话、沉默，也用来吃饭喝酒。

吃饭只有两种环境，家吃还是外头撮？家吃基本上可以忽略不计，就是跟媳妇爹妈吃，千篇一律，墨守成规。那就外头撮吧，从前叫下馆子，后来叫撮一顿，如今叫混饭局。当然也有一些高雅人士，声称品美食，把自己的位置摆得高处不胜寒，低处不自在。

饭局的存在意味着人们都是人来疯，喜欢凑热闹，害怕自己在家孤灯一盏，面对杯盏，拿着筷子不知往哪儿夹，夹起的不是菜，而是空虚。这容易把自己吃郁闷了、喝崩溃了，然后再睡颓废了，第二天变得特消沉，特想不起来人生还有追求一说。

所以北京人一到饭点儿，就开始约人，华灯初上的街头，聚满了临时组成的饭局。觥筹交错之间，没准儿就交错了朋友；酒过三巡人生已过三张，菜过五味为何心中还不是滋味？有一道贵州菜叫“芹菜鸡杂”，可是吃着吃着，一股“芹菜鸡贼”的感觉直冲肺腑。红花要靠绿叶扶，绿油油、翠生生的芹菜，面对油腻污浊的鸡杂，甘当陪衬。做人要厚道，做芹菜也要厚道。

北京的闲人多，所以饭局也多；北京的杂人也多，每逢饭局闲杂人等都能入内；北京的忙人更多，带动的饭局巨多。不管是闲人还是忙人，一到了晚上，全能凑一块儿。闲得就想晚上出来吃饭，一天只为这顿饭；忙得就想晚上得空奔饭局，忙了大半天就为给这顿饭腾空儿。

北京傍晚堵车的一个重要原因，就是生命因你而动听，交通因饭局而拥堵。6点半，这是北京夜幕下饭局的准点儿，索纳塔、伊兰特、捷达出租和广本、马六、蓝鸟私车，载着人们奔向饭局。当春秀路“沸腾鱼香肉丝”排队等位的人流已排到东湖别墅，沸腾的就不只是鱼乡了，还有群山。

有一位驾乘银灰蓝鸟的女孩，从秋天的孔乙己火速告退，我急忙追上去：别撤，我已被你塑造成惊弓之鸟了。女孩说：蓝鸟蓝鸟，拦的就是你这惊弓之鸟！这就是典型的北京妞，一身暴脾气，生命的狙击手，一把就把我狙杀在痛苦的内心。

四二　北京话容易让你找不着北

北京话让你找不着北，这是必须滴！北京话要让你找着北，那我们北京还有北吗？北京话说白了就是用来折磨人的！为了显摆北京语言风格的机智善变，北京人说话总爱别出心裁，貌似旁门左道，实则正本清源。比如“开玩笑”，北京人爱给说成“开玩乐”，虽然有点儿矫情，但的确有种把语言玩美了的感觉。

九十年代打面的的时候，10公里10块钱，然后才每公里1块钱开始蹦字儿。有些人鸡贼，算好了到9.9公里提前下车，溜达几十米，就为省那1块钱。的哥顶烦这种人了，说——丫这公里算计的，顶到嗓子眼儿了，绝了！

我打车给的哥指路，逢着一条大路，类似条条大路通罗马的那种路，不爱说一直走，说一直走缺乏语言的张力，而是说——直给！北京的哥就接一句——好嘞！然后，毕加索纳塔或者伊兰特不靠谱就像离弦的箭，直奔罗马不是一天建成的而去。而外地的哥不太明白直给的意思，总要问一句：给什么？我说：给我一直走，到地儿了再给你钱或者骂你。外地的哥一愣：你骂我干什么？我说：不是骂你，是要给你money。外地的哥说：我还以为你要给我阿骂你呢。嗐，我那天还真穿了一件秀水2号抓的B货阿玛尼。

有一次，我喝到中骇，踹伊兰特家走，的哥问我：去哪儿？我说：不一定。其实我跟的哥的对话是一段子，有一次窦唯去艾未未在农展馆开的饭馆吃饭，饭馆没名字，只有门，要没门从哪儿进呢？我们都管这家饭馆叫“去哪儿”。据说特牛的人开店都不爱起名，艾未未、王朔、李亨利以及后海的白飒都开过无名之店，结果来的全是名人，后来都是客人起名字，客人管店叫啥就叫啥。受他们的启发，有一次出版社给我出书，让我起一个比较火的书名，我就起了一个六个字的书名——书名尚未想好。

话说窦唯好不容易找着艾未未的饭馆，推门问服务员：这是去哪儿吗？服务员说：不一定。窦唯灵机一动，就把自己的乐队命名为——不一定。再话说那伊兰特的哥说：没事儿，想好了，再决定去哪儿。我说：想好了。的哥说：去哪儿？我回答：天涯。的哥问：天涯是哪儿？我说：尽头。的哥问：尽头是哪儿？于是我用动力火车的《背叛情歌》回答的哥——你问我这世界，最远的地方在哪里？我将答案抛向蓝天之外落在你心底，如果你的爱总是逆向行驶……

的哥说：明白，不就是逆行吗？于是伊兰特像吕布吕奉先辕门射戟那枚离弦的箭，直奔天涯何处无芳草而去。行驶过程中，一条跌宕苍劲的风景线扑进我醉意阑珊的眼帘——萋萋芳草小楼西，云压雁声低，两行疏柳，一丝残照，万点鸦栖。下车的时候，我把钱丢给的哥：不用找了。的哥说：什么？你钱不够！

我从小就是在“开玩乐”的氛围中长大，那时的中国文化正处在红色冰冻的肃杀时期，人们需要用一些北京胡同串子似的小幽默、小笑话来增加业余生活的乐趣。其实那时候也没啥业余生活，业余生活就是受革命传统教育。有一次，学校组织我们学农，插了一天稻秧，晚上还要听贫下中农忆苦思甜。我们先在老农和老师的带领下唱忆苦思甜歌：天上布满星，月牙亮晶晶，生产队里开大会，诉苦把冤伸，万恶的旧社会，穷人的血泪恨，千头万绪、千头万绪涌上了我的心，止不住的辛酸泪挂在胸。

唱着唱着我突然觉得不对，赶紧打断——老师，今天没有月亮，月牙更没有，不可能亮晶晶。大家的歌声一下停了，抬头顺着我手指的方向望去，只见星斗漫天，独缺月亮，月亮呢？月亮走下三路进地沟里了。老师这个生气：万恶的旧社会，就是没有月亮。我争辩：不对，旧社会肯定有月亮，连封建社会都有月亮。老师问：封建社会哪有月亮？于是我高声背诵——明月几时有？把酒问青天，不知天上宫阙，今夕是何年？我欲乘风归去……老师说：你别学农了，明天就给我回去，回学校好好写检查。这样，我便失去了一次接受贫下中农再教育的机会。

四三　北京我常混朝阳

外地人一来北京，就觉得北京特大，大得有些没边儿。我一外地朋友，从通州跑到上地办事，回来就身体不适，貌似还真有时差反应。

先甭说远郊区县，单一个朝阳区，就大得让人崩溃。比如黑庄户算朝阳、豆各庄算朝阳、十八里店算朝阳、小武基算朝阳、潘家园算朝阳、东坝算朝阳、七棵树算朝阳、管庄算朝阳、常营算朝阳、大山子算朝阳、孙河算朝阳、元大都算朝阳、大屯算朝阳、苇子坑算朝阳，亚运村奥运村我大鸟巢通通算朝阳。从日坛路的七星岛俱乐部喝到安定路卡布瑞特音乐酒吧，或者从嘉里中心炫酷酒吧喝到亚运村无名高地酒吧，竟都没超出朝阳区的掌控。不过，比起外国的一些地界，北京并不算大，我去过世界四大都市——纽约、伦敦、巴黎、东京，跟他们一比，北京就没多大了。1999年，我在纽约世贸大厦之巅眺望，感觉纽约从这头到那头，似乎还得倒时差。

北京我常混朝阳——人歌人笑花家地，乍晴乍雨康家沟。啊，这跟地沟油没关系。当年这片儿的玩闹们都号称自己——镇东四，灭朝阳。在北京地界上，我对东边比较熟，这里是我出生、学习、工作和鬼混的地方。尤其是从国贸桥到三元桥，十里东三环，一片嘉年华，哀孙怨妇遍天涯，又是没谱时节，混明大。白雾锁兆龙，清风拂亮马，莱太花卉墙外爬，记得倚红偎翠，在燕莎。

我生在北京东四环与东五环之间，对北京的人文地理了解甚少，就觉得“人文地理”这词儿特别装。哪有那么多人文地理，不就是一片灰尘、几处砖瓦加几条破胡同吗？人活得那么市民，还惦记什么人文？连住的地儿都是租的，还白话什么地理？都住地下室了，就别仰望星空了。

按从“文革”到改革开放这条历史线索来论，北京人大概分四类：一类是公主坟以西的高干子弟；一类是海淀八大学院聚集的高知人群；一类是二环内外老北京大杂院的胡同串子；一类是三环以外城乡接合部的文化盲流。我属于第四类——文化盲流。我是坚定不移的文化盲流！一忙起来文化直往外流。如今，这北京“四类分子”的概念，随着社会的疯狂转型，外地人士的大量涌入，外省文化青年的建功立业，早就变得模糊不堪了。没错，1990年我曾写过一首诗——那些外省青年日夜兼程，向着紫禁城飞奔！你去不了巴黎，就先来北京。

在798到将台路之间，有一方之地叫“王爷坟”，我前妻住“公主坟”，刚认识那阵儿我曾对她说：别看你住“公主坟”那么有名的地方，照样得跟我这从“王爷坟”出来的人走。后来大山子举办艺术节，人问我去不去。我说：不去，大山子怎么会有艺术呢？大山子有的是一帮跟我同龄的下岗职工，正在嗷嗷待哺。

我青春时代的活动半径是从十里居安家楼，到三元桥东北角曙光里125厂。现在东风桥内起了高澜大厦、爱家家居，还衍生了汽车电影院，里面隐藏着杀人吧，而曙光里125厂基本上都卖给了地产商，凤凰城和时间国际隔马路相望，附近还有凤凰汇，三元桥凿通了机场快轨，一堆黑车路边等着你。不过，住在曙光里一带的人尽量不要在自己家里打麻将，那样容易——输光你！

那天去了西坝河爱琴海，这不是我们九十年代初切磋文化与喝酒喧闹之后，迎风走肾的地方吗？如今都这么有品了；那天去了趟侨福芳草地，这不是我们八十年代初拿弯拍婆子常去之地吗？如今变得逼格闪亮人气飞扬，这就是我们大朝阳日新月异的辉煌业绩，彰显社会主义祖国建设一日千里的万千气象。

那天，有位我一直以为是内蒙古的女孩，告诉我她是在甘家口长大的。我对朝阳以外没概念，经常把甘家口、甘石桥混为一谈。就跟她说：那你住西四吧？她说：不是，是新疆村。我说：知道了，是西苑饭店一带，西边的怨妇一般都云集于此，所以叫西苑。北京就这点好，东边没怨妇，所以没有东苑，而有西苑、北苑和南苑，后来还有了天通苑，直接怨到天上去了。

记得八十年代，我去缸瓦市一带，坐105路无轨，觉得快到站时就问售票员：师傅，瓦岗寨到了吗？售票员一瞪我：瓦岗寨没到，梁山泊到了！我说：对不起，我最近正在看《说唐》。

既然我大朝阳如此棒棒哒，我就安心做一名“朝阳群众”吧。

四四　北京大妞气质不俗

北京大妞，看上去大大咧咧，但绝对有内涵，气场充盈接地气，属于世界观、人生观、价值观“三观浩荡”的那种。

有一些热切期待走另类路线的女孩跟我说，她们被刻板的生活磨得基本没生命需求了，超想出来混。我说你想混成啥样儿呢？她们说就想混成颓范儿加一口地道北京腔那样儿。

一望而知这是个北京姑娘，北京姑娘基本都靠谱，就算不靠谱，那也是一时半会成心走偏那种。北京姑娘靠起谱来，往往都是天高云淡回归了自然与人性。不用你督着，她们的人生之路一旦选择了，她们的人生目标一旦瞅准了，她们的人生轨迹一旦走稳了，就特自觉地把内心做大，变成一个核心，当然，这核心依旧属于内心。北京姑娘的内心，一般不积极向上，但也不消极向下，只在积极与消极之间，锁定一种无极。北京姑娘一旦把谱靠上了，优越感马上展现，气质立马鲜明，嘴角一丝冷笑外加眼角一股轻蔑，她们一般只吐露三个字：噢是吗？就算北京姑娘偶尔离谱，那也是华丽的没谱，属于悠扬的缺心眼飘逸的玩气质冷峻的爱谁谁清高的不搭理那种。

一般从老城区杀出来的北京女孩，都一口地道北京腔，带有厚重的儿化音，张口挤对人的时候，重音落得特别到位，小词儿就像柳条沾凉水般抽你，一句话能让你从关东店郁闷到十八里店。现在80后的北京女孩相对温和了，搁着早先生于六十年代和七十年代的北京女人，你要是犯傻让她们瞧不惯了，那损词儿组织的，那风凉话编排的，那话里有话话赶话跟进的，那话不投机半句就把你噎的，你觉得是掉进了北京腔挖出来的云水洞里了。

当下的北京女孩，一般都用北京腔来调侃，或者聊生活，有时还用来冷嘲自己，已很少挤对人了。偶尔太撮火了也挤对两句，那可是重挤对。她们貌似一种翩翩小颓范儿，外加一口地道北京腔，在这个社会混来混去，跟阴暗面阳光面都接触。在情感上她们一般都撞过南墙，回不回头，先撞了再说，属于活着就去追，死了都要爱的那种。外表纯然，内心刚烈，基本上是北京大妞内外兼修的处世风格。

地道北京腔是天生的，颓范儿是出来混之后打磨而成的，也有点儿属于给自己强加的。这个时代就是一“讲范儿”的时代，所以不少北京姑娘喜欢用颓范儿来冲击一下人生，增加一些历练。出乎其类，拔乎其萃，北京姑娘喜欢抢潮流也喜欢反潮流，总之老憋着领先的意识。不过，这样也会出乎其累，拔乎其悴，在受累与憔悴中，经常也是茫然无助……可是就这么无助，还要去相助别人。

北京大妞走在大路上，心高气傲四处不打量，颓范儿加一口地道北京腔，直眉瞪眼去了一个方向。

四五　北京男人不太靠谱

我一直劝外地来北京混的女孩，尽量别找北京男人，你们找北京男人的下场，基本就是被北京男人的不靠谱弄成小拧巴。

后来她们逐渐明白了，她们找了没谱的北京男人之后，自己不是小拧巴，而是大拧巴；自身不是一般拧巴，而是严重拧巴。

我是北京男人，但我一直反对在北京混的外地女人找北京男人。北京男人基本上跟我一样，自私、霸道、花心、说变就变，个性复杂、装傻充愣、顾左右而言他。我不是说北京男人没优点，我们一直特清高，我们一直特有语言，我们一直觉得出了二环就不叫北京了，我们一直觉得找一个保姆至少也得是北京师范大学毕业的林道静，我们一直觉得王朔、崔健树立起来的北京文化，基本没金庸、周杰伦啥事儿了。

但是，你去看一看你所认识的北京男人，他们有没离过婚的吗？他们即使没离过婚，也期待着婚外恋。靠，谁不期待着婚外恋呀！

北京男人很可以用一种假象迷惑你，他们号称有事业，但他们一旦跟女人办证之后，所有的事业都是装逼，他们在用事业给你编造夜不归宿的理由。

虽然上海男人特别磨叽，但上海男人磨叽的前提，首先是为了把一个女人磨叽到家。北京男人也跟女人磨叽，但他们磨叽女人的前提却是，先把这个女人磨叽上床，然后各奔前程。

很多外地女人跟我说，第一次跟北京男人混感觉特好，但第二次就开始崩溃。我跟她们说：正常，北京男人哪有那么长的耐性？第二次你不崩溃，我们就崩溃了。

外地女孩一定要记住北京男人的一个特点，他们在炒你踹你蹬你灭你说温柔点儿就是跟你分手时，千万别问人家为什么，不要死气掰咧非得问出分手的理由。北京男人跟女人分手基本没理由，有理由也不告诉你，北京男人也许只有一个分手的理由——分手多崇高啊，一谈理由就俗了。北京男人不靠谱的力量往往在于：一出手，即分手！

另外，外地女孩需增加几分对北京男人的警觉，他们往往在尽显温柔时，与女人分手的目的即将揭晓。

四六　北京混混

唐大年写了《北京杂种》，张弛写了《北京病人》，我加一磅，写一道《北京混混》。

什么叫混？没理想就叫混，没生活目标就叫混。没理想才混呢，没生活目标才混呢，很多理想和生活目标就是混出来的。

在布鲁塞尔广场，我特意瞻仰了马克思、恩格斯曾经泡过的“天鹅酒吧”，《共产党宣言》就是在这个酒吧酝酿出来的。

借仨胆我也不敢说两位共产先驱是在混，但如果马恩二老整天在家陪媳妇，朝九晚五过日子，共产国际能那么快成立吗？全世界无产者能那么快联合起来吗？

有人劝我，别天一黑就到酒吧去混，多没理想。你倒是有理想，准点儿在家陪媳妇，媳妇说咱家大白菜又没了，我今天就想吃这口，你说早把点儿踩好了，这就到楼道顺去。

你给媳妇顺了一棵大白菜，我在三里屯为祖国的酒吧文化结了500元单，顺便买了下岗女工20元的花，解了她生计的燃眉之急，结果弄成我没理想了？用狗子的话说就是——对这种假装有理想的人就一大板儿砖。

我们这些北京混混都喜欢夜色，不是说我们有什么见不得人的地方，也不是黑夜给了我们黑色的眼睛，我们就一定用它来寻找光明，而是灵魂总在夜晚出动，在漆黑的夜晚，我们一下就窝回痛苦的内心，你以为我们夜里出来混容易呀？

很多时候，我也提醒自己，别再混了，真绷着在家歇了一两天，可江湖上一有召唤，哥们儿便撒欢儿往外跑。

打上一辆的，我跟的哥说：把单田芳给我停了，多给你10块钱，我给你朗诵一首诗。的哥说：不用，我也写过诗，诗名叫《流水线》，比舒婷那首还棒。

在夏利出租车上，我开始为把我带向夜生活的的哥朗诵埃利蒂斯——

我不再知道夜
死亡这可怕的化名
一个星星的舰队停泊在我心灵的港口
我的仇恨在天路上是一个累赘
除非它是一个重新凝视我的梦

在希腊诗人埃利蒂斯的指引下，北京混混杀向三里屯。

四七　北京作协

那天猛一收到《北京作协通讯》，才想起自己还是北京作协会员，一晃都入了三十多年了。1987年，在八大处宾馆参加由北京作协召开的“第二届新诗潮研讨会”，顺便向北京作协领导递交了入作协申请表。

当时，入北京作协的门槛并不高，需要在省、市和国家级文学刊物上发表10篇作品，再有两个名人当介绍人就够了。那时，我已经在《诗刊》《人民文学》《中国作家》《花城》《作家》《星星》《青年文学》等刊物上发表了不少诗作。而我的介绍人也比较强势，是新诗潮诗歌评论的大旗谢冕和新时期小说的代表人物李陀。谢冕在我的作协申请表上写的评语是：诗风有独到之处，思想解放，勇于创新，同意大仙加入北京作协。李陀的评语就一句：同意谢冕意见。

就这样，我加入了北京作协，进了作协诗歌组。在1989年第一期的《北京作协通讯》上，还刊登了我在“新诗潮诗歌研讨会”上的发言，大意就是对语言的所谓追求，把语言当成一种指纹，印在空气中。反正那时候写诗，越抽象越牛逼，我就把诗歌当成一种挺晕的东西来写。后来跟张弛、李大卫、黄燎原、狗子办地下刊物《边缘》时，张弛挤对我，说指纹不就是“螺”和“簸箕”吗？

那个时代，对我们这些文学青年来说，还是比较看重作协的，入了作协就好像成作家了，算这辈子在文学圈没白混。现在作协的功能下降，也是被时代冲击得忽然没了位置，如今成名也快，在网络上写篇恶小说，立马就有一帮人跟踪过来，把你当根儿葱了。所以，很多写字儿的年轻人，你要让他入作协，他觉得你在骂他呢。

1991年，第二届“青年作家创作讨论会”在中日青年交流中心，也就是21世纪饭店举行，我没事儿去凑热闹，跟一帮作家、诗人、评论家天天大酒混着。一次坐电梯，电梯里只有我一人，很快进来一人，是铁凝；很快又进来一人，是汪国真。很快我就瞎按了一层，没到地儿就下了，因为铁凝、汪国真二位老师都英气逼人，我深感窒息。出了电梯，我找一犄角就沉思，我得再接再厉，入一把中国作协，争取能成为“铁姐”“汪哥”那样的名人。

这次拿到新的一期《北京作协通讯》时，还是感到几分亲切，想起北京作协曾经对我的培养，我还没有正经报答呢。什么时候得参加一次作协的新春联谊会，作协的会费我也好久没交了，真对不起组织。

四八　北京烤丫

打小就吃北京烤鸭，你不能让我混到中年，还烤鸭；再“烤鸭”，我怕万一变成“烤丫”！

虽然我生于北京，但我对北京饮食文化没啥兴趣。烤鸭、涮羊肉、炸酱面、爆肚，能不沾就不沾，你可以说我“数典忘祖”，我忘了我家祖宗跟你鸭有什么关系？

我打小就不会做饭，因为我听说过“劳心者治人，劳力者治于人”之后，就决定永远不去做饭。如果是“劳力士者治于人”，那我还考虑考虑，治不治于人？

我虽然不会做饭，但口味巨刁，越不会做饭的人，越挑剔别人的烹饪。川鲁粤不吃，老北京不吃，上海本帮不吃，江南杭帮不吃，火急火燎的西洋快餐不吃，慢吞吞的私房菜不吃。台湾菜不吃，潮州菜不吃，东北菜不吃，淡水海鲜不吃，水煮鱼不吃，酸汤鱼不吃，面食不吃，甜食不吃，狂搁盐的不吃，玩命下辣椒的也不吃。

那我吃什么？你有多少情，便吃多少回，老吃你的情，所以成痴情！就算来不及，也要带着你，不信你的发线，有了白雪的痕迹，直到血肉变得模糊，直到假装二逼，让我们鱼肉乡里；不对，让我们鱼香肉丝……

春节快到了，廉颇老矣，年夜饭否？每个年夜，我回家跟老爷子碰下杯，只跟我爸谈两件事。其一，您以后别再看春节晚会了，我求您了，您看春晚的演员，除了赵本山，有几个知道1+1在什么情况下不等于2的？其二，别老跟我说，您十四岁就参加解放战争了，我十四岁就知道“别人怀宝剑，我有笔如刀”，您现在不仅没刀，连鞘都没了。

教育下一代，提醒上一代，作为中生代，我容易吗？就像北京烤鸭，骨子眼里绝对是一种“北京烤丫”的霸气，可一变成老北京餐饮特色，就陷入民粹圈自鸣得意了。

我这人特没传统，也许我打小老被女人抛弃，养成一毛病，就爱抛弃传统。我觉得女人应该挺传统的，但她们不传统，抛弃我，敦促我抛弃传统。

所以北京烤鸭，首先应该烤的是她们丫。

四九　北京老字号

一度，我在“京客隆”超市买点“天福号”茶肠，幸亏不喜欢吃“双汇”，躲过了“瘦肉精”。后来才知道宁泽涛曾因贪吃火腿肠误食了“瘦肉精”而被禁赛过一年。经常在楼下小卖部拎回几瓶“燕京”，午夜码字抢稿时，用平民化的喝酒习惯，蒙出几句贵族的文字来。后来弄清了，这“天福号”是北京的老字号，1738年就有了，在乾隆三年就开了张。看来多世俗的东西也有历史感，我就觉得“天福号”茶肠比“培根”鸡尾肠更适合中华民族的口味。

我这人对老字号的感情不是很深，不管是“老字号”还是“新字号”，只要能让我爱好，只要人能好上这一口，就会成为它们的常客。北京的老字号有很多，历史都挺悠久，有着脍炙人口的传奇色彩和代代相传的文化气韵。但我对此很少涉猎，只管去吃，三十多年前，我吃过一些“老字号”或者“半老字号”，如今回想起来，往事立马如烟。

1979年，我二十岁生日时，跟一发儿小去了“萃华楼”，点了一桌子菜，最后结账才10块钱。虽然我当时在797厂当临时工一天才挣1块钱，一个月也就30块钱，但我这人生第一撮还算豪放，唯一美中不足的是，被一个叫“赛螃蟹”的菜给晕了一道，至今还耿耿于怀。“赛螃蟹”不就是“摊鸡蛋”吗，凭什么要误导人家消费者？也搭上我那时还比较农民，没怎么接触过螃蟹，要是比较渔民的话，绝对不会被“赛螃蟹”给蒙了。天蝎座的人比较记仇，后来我连螃蟹和鸡蛋都比较反感，很少让它们上桌，我老觉着是螃蟹和鸡蛋串通好了，给我这个第一次下馆子的主儿下了一套。

不过，头一次撮饭的感觉真爽，在“萃华楼”撮得肚歪，打着“北京白牌”的酒嗝，一路溜达到大华电影院，看了罗马尼亚电影《爆炸》。与其说是看了电影，不如说是“睡了”电影，在“北京白牌”啤酒的酒意中，我跟发儿小都着了，连油轮巨大的爆炸声都没把我们惊醒。

“处女撮”之后，我觉得外面的菜真比家里的菜好吃，好上这口了，便没完没了，经常约着发儿小和同事，于北京街头暴撮海喝。那时年轻，又能吃又能喝，越能喝就越能吃，刚刚发了工资，立马就陷进肉山酒海里不能自拔。交道口的“康乐餐厅”、鼓楼的“马凯餐厅”、东四的“青海餐厅”、正义路的“花竹餐厅”、前门的“力力餐厅”、东风市场（现叫东安市场）的“湘蜀餐厅”、平安里的“柳泉居”，这些馆子老去。

记得有一次就餐高峰时，跟几个哥们儿在“湘蜀餐厅”等座，那一桌是两拨人拼桌，一拨俩小伙子，嘎嘣利落脆，喝完酒扒拉完饭菜就撤。可另一拨一男一女像是在搞对象，吃着聊着腻着，卿卿我我个没完。我们哥四个索性要了八升啤酒，往桌上一礅，齐吼一声：“走着！”我们哥四个各举一升，一扬脖，见底儿，净！那对男女一看这架势，没心情了，待不住了，麻溜儿就撤。女的临走还说了一声：“瞅这帮人，真讨厌！”我跟了一句：“有话回家说去，别耽误我们吃饭。”我心想，你们两样全饱了，我们一样还没着落呢。还有一次在“康乐餐厅”等座，那时候点菜得到前台点，菜得了还得到前台取，经常是一边等座一边排队取菜。我哥们儿排队买酒等菜，我负责占座，我坐着一个凳子，左右脚各搭着一个凳子，这工夫有人在我身后喊：“师傅，你钱掉了。”我一回头，地上真有两分钱，在那时能捡两分钱也算个大事儿，一月才挣多少啊？我弯腰赶紧去捡，就趁我捡钱的工夫，脚没搭住的一个凳子，飞快被别人顺走了。

涮羊肉刚兴那段儿，我常去东风市场的“东来顺”，因为我住东边，所以我特喜欢这个店名。撮“东来顺”有个讲究，这里的羊肉巨新鲜，所以上来要先生吃三片，最后我发展到生吃五六片，后来敢生吃生猛海鲜，就是那时候打的底子。我这人特爱吃醋，极不爱吃芝麻酱，所以涮肉时从来不要调料，就一碗醋加点儿辣椒油，吃嘛儿嘛儿香，“东来顺”的服务员还以为我瞧不起他们的调料呢，没少给我白眼。有一次涮完锅子，口巨渴，便来到东风市场冷饮店，狂喝圆肚瓷瓶酸奶。卖酸奶的姑娘看我连喝三瓶还要，就说：“大冷的天，你不怕拉稀呀？”我说：“胃好着呢，天越冷我越能吃凉的。”姑娘说：“你喝十瓶我看看，我跟你打赌，输了给你买包烟。”这不正撞我强项上吗？我一鼓作气直奔八瓶，姑娘拦住我：“算了，我服了，来，输你一包翡翠。”

后来好上西餐这口儿，谈恋爱时充冤大头，把对象往西餐厅带。1985年，跟一个798厂的女工在实验剧场看完《牧马人》，就近到“大地”西餐厅来点儿洋的。当时我身上只带了13块钱，点了四菜两汤外加面包正好在12块9毛8的关头打住。当时，我穿着“大地牌”风衣，所以要撮“大地”西餐厅，给女工背了一首北岛关于大地的诗："是她，抱着一束白玫瑰，用睫毛掸去上面的灰尘，那是自由写在大地上，殉难者圣洁的姓名。"年轻女工正用叉子戳着酸黄瓜，突然下意识用餐巾擦了擦眼睫毛。

1987年，跟单位的一个女孩谈恋爱，吵完架跟她去"三宝乐"撮西餐，我一赌气拿起菜单扫了一眼，就跟服务员说："从55到65。"然后把60元往桌上一扔。服务员说："从55到65共11个菜，58元。"我说："没错，您点点。"

关于老字号我只能说这么多，不是掴饬它的历史，而是把自己拉回往事。不管老字号有多老，一旦怀旧，往事立马如烟。

五〇　怀旧空吟草木深

我生于北京，但对北京的老宅老院比较陌生，打小就住在四环和五环之间的楼房里，所以不是胡同串子，对北京的胡同文化也没兴趣。对我这样一个在酒仙桥和大山子蓝领工人区长大的小工人来说，小时候跟农村接触更多，与城市距离较远，进一趟城得先坐401到东直门或坐402到呼家楼倒车，然后自豪地说一句："我进城了！"

我基本上不解城春草木深的风情，我说的风情不是男欢女爱的风情，而是北京名宅雅舍的流风淡韵，是达官显贵、遗老遗少给北京城留下的散淡情致。我的生命中没有这个，只有王八驼石碑、东风农场、大清四生产队、驼房营、安家楼、孙河、小庙、崔各庄这些农业生产基地的风貌。虽然我现在很城市化了，但我骨子眼儿里还是半工半农，我就不知道我怎么会跟小资产阶级磨合到一块儿的？如今，我四十多年前上班的地方，已变成著名的798艺术园区，那些厂房已成为以披发、马尾、光头、美髯著称的前卫画家和地下摇滚的啸聚之地。

虽然生于城乡接合部，但对北京的深宅大院也略有问津。九十年代初，单位在朝内九爷府办公，院内古木荒疏，气息幽闭，一到秋天，星鸦点点，是典型的“枯藤老树寒鸦”的景致。在无边落木萧萧下的秋意中，我们在九爷府的庭院切盘台球，或者在恭什么王的偏房提两圈麻将，真是“落霞与黑八齐飞，青灯共白脸一色”。后来我把麻将一直撮到“诗坛泰斗”艾青在北京站西街的幽宅中，那时我跟张弛在艾青之子艾丹的伴随下，直撮到“东风夜放花千树，西风愁起绿波间”。

九十年代初，电视剧《渴望》热播，报社文化部跟《渴望》剧组进行了一次座谈，座谈的地点是北京西山陈锡联将军曾住过的深宅大院。深秋片片枫红，西山秋空一碧，在陈家大院，我跟王朔连干三杯五粮液，这是我第一次见朔爷，从此就在王老师的带领下，开始勤奋码字儿。

1985年，我在厂桥三不老胡同一座清宅雅院拜见了朦胧诗舵主北岛，北岛明确地告诉我《丑小鸭》杂志给他发表的《雨夜》有处失误，“即使明天早上，枪口和血淋淋的太阳，让我交出青春、自由和笔，我也决不会交出你”中的“血淋淋的太阳”应为“血淋淋的朝霞”。而现在很多有关北岛诗歌的版本，都沿用“血淋淋的太阳”这一谬误。

二十世纪末，梁天跟谢园、葛优租下了沙滩附近的一座宅子，煽起了“新海派大酒楼”，专营上海菜，也成为影视大腕的饭局会所。进入二十一世纪，在餐厅二楼的西厢房，我跟梁天盘腿炕上，策划着《有人爱没人疼》这部电视剧，这是我迄今为止写的唯一一部电视剧，虽然改拍了五遍还没通过终审，但我坚信有朝一日终会一见天日。

中学时代我就是个文青，特喜欢古典诗词，老去琉璃厂买书。

在中国书店的文苑书香中买到一本《考证白香词谱》，顺手还买了一本《新月派诗选》，在辛弃疾、苏东坡、徐志摩、陈梦家的激励下，我学会了押韵。琉璃厂中国书店的那座院子，是我文学理想的摇篮，同样孕育我青春期文化基因的还有雍和宫老首都图书馆的古色古香，我曾在这里大段大段抄录莫泊桑的《温泉》，并且跟一个北大的文学女孩在梧桐更兼细雨中放飞心中的梦想。

说句实话，我对紫禁城、皇城根的概念是比较模糊的，虽然现在老在后海的花街柳巷狂奔，可也没怎么觉得这里多有文化，它从前的掌故传说我也没兴趣打听，反倒觉得后海酒吧把整个什刹海地区鼓舞得人气巨旺，一帮文青愤青、哀孙怨妇混在一起就是有乐子。倒是我非常留恋二十多年前在西单绒线胡同的“四川饭庄”撮过的数顿饭，那是个典雅素朴的四合院，对我这个当时挣41块7毛1的二级工来说就是美食天堂。

1982年夏天我曾抄过这里的菜谱：红烧牛肉1.05元，宫保肉丁1.20元，荔枝肉片1.30元，盐煎肉1.50元，鱼香肉丝1.60元，辣子鸡丁2元，干烧四季豆2.10元，糖醋里脊2.60元，鱿鱼烩肉片2.90元，豆瓣鱼4元，香酥鸭子6.60元，红烧海参8.20元，白油扇贝10.83元，鲜蘑扇贝12元。而现在，当时鲜蘑扇贝的价钱都买不起一盘凉菜，一根美极蒜香排骨能买当时的五盘红烧牛肉。

五一　城乡接合部

随着外地务工人员大举进京，随着一批又一批农民工在首都各条战线上勤劳工作，北京的城乡接合部日益发达，农贸市场、建材市场、旧货市场、批发市场风起云涌，小贩小商们安营扎寨，当街摆摊，虽然分不清他们是“有照”还是“无照”，照样给我们的生活带来关照。柴米油盐、锅碗瓢勺怎么就不能有风花雪月？衣衫褴褛中照样飞出红巾翠袖。城乡接合部的生活，是一种工农相结合的生活；城乡接合部的浪漫，是一种话糙理不糙的浪漫。

在紫禁城的边缘，有我故乡的花朵。是谁写过“故乡面和花朵”？写得我远离了黄花，却一天比一天更面。1981年，我在牛王庙奔向苇子坑上班的路上，在一路颠簸的302路公交车中，写过“故乡炸酱面和交际花”。在周杰伦还没出生的时候，我们早用吉他把“东风”弹成了“破鞋”。

我生于酒仙桥、长在大山子、工作于798，是城乡接合部“典型环境”中的“典型人物”，我身上透着一股从城乡接合部混出来的烙印。当798成为一个艺术概念之后，我已放弃了艺术。1993年，我带着北京申奥惜败的遗憾，回家路过“大山桥”，借着酒劲儿差点爬上桥，把“大山桥”改成“大仙桥”，就差一单立人儿，这桥就不是我的桥。

酒仙桥电子城，是城乡接合部的一面旗帜，后来被中关村夺走了电子霸主的地位，我至今耿耿于怀。虽然我把青春献给了电子城，但是在改革开放初期，我是一“三无人员”，无电视、无电话、无冰箱。1978年夏天，街坊邻居中一个只有貌没有才的女孩，把我邀请到她家看中国第一次转播世界杯，我有幸目睹了曾任中国国家队主教练的阿里·汉一脚长达44码的超级远射。中场休息时，女孩打开了我这辈子第一次喝的“青岛啤酒”，语重心长地说：我觉得才貌无法双全，从今往后，我发展貌，你发展才。听了她的话之后，我隐约感到这是一种青梅竹马的召唤。于是，我把跟才华有关的事儿全办了，相貌上的进取自然被忽略了，也许是我的语言太有说服力了，长相就不能再有说服力了。好在二十一世纪是丑男当道，灵魂取胜的奇异时代，我在精神空间始终占有一席之地，从而弥补了相貌上的不足。

就在“西北风皇后”杭天琪就读过的酒仙桥中学对面，是著名的“电子溜冰场”，每到冬季，这里就成为“男拔份儿女展盘儿”的“碴冰之地”。我一咬牙一吐血，就把国产的齐齐哈尔长白冰刀换成了加拿大奥赛冰刀（用作冬奥会比赛的冰刀）。在月光与冰光交织的夜晚，在瓦尔特退费尔《溜冰圆舞曲》的轻嗨中，在盘儿亮条儿顺的北京城乡接合部女孩一字排开之际，我们这些青年男工在冰上疯狂兜着大圈，然后在所喜欢的青年女工面前一个急刹，伸出手，拉住手套中隐藏的玉手，把她们带入场中。女工用正滑的姿势走外道，男工用倒滑的方式走里道，男工对女工都说着同样的话：别慌，有哥们呢，要摔咱俩一块儿摔，要死咱俩……

五二　暮色苍茫看劲松

劲松恨不高千尺，恶竹应须斩万竿。1995年，我背着杜甫的名句，搬进了劲松，给一个家住方庄的女孩写下——君住方庄北，我住劲松南，日日思君不见君，共饮龙潭水。当时我要了11楼，就为了登高临远，眺望龙潭水。有一次被心碎折磨成你好的石康，来我家下围棋，被我半目险胜，石康不服，还要再下一盘。我说：罢了，李昌镐永远比曹薰铉强半目。我怕石康不愉快，赶紧写了句诗送给他：龙潭湖水深千尺，不及石康送我情。

劲松一直是我景仰的文化社区，八十年代刘再复、刘心武、刘湛秋曾啸聚此地，号称“劲松三刘”，共执新时期文学牛耳。1985年，我带着电大中文系的毕业论文《北岛与杨炼》，去社科院文学所拜访刘再复，想在他主编的《文学评论》上刊发，赶巧刘再复不在，他的秘书接待了我。1988年，我的诗作《再度辉煌》在《人民文学》发表，我去农展馆的文联大楼向刘心武致谢。其实比这更早我就应该能见到刘心武，1984年前门大栅栏办了一个文学讲习班，我飘过去听了苏叔阳讲电影，待到刘心武该讲小说的那一天，我前一天晚上喝了顿大酒，没能起来。而跟刘湛秋谋面的机会最多，那时他坐镇《诗刊》，大力提携诗坛新生代，《诗刊》社的门槛被全国的诗歌青年踩得直往下陷，我也没少往《诗刊》跑，跟刘湛秋也没少喝酒。

等我1995年成为劲松的一员，“劲松三刘”已另辟蹊径，乔迁他处，但他们对文化的关怀确曾在我这个文学青年的心中，输入一股热血。1988年，三位中国诗坛的风云人物芒克、杨炼、唐晓渡恰好都住在劲松，劲松便成为中国现代派诗歌的重镇，我也有幸成为这座重镇中的一位小民。当时，号称“诗坛李寻欢”的李大卫就在劲松五区居住，我跟张弛隔三岔五就跟他一混，劲松当时有一家“欧陆酒吧”，我们把人头马喝成了千里马。

如今劲松已跟潘家园混为一谈，潘家园旧货市场成为盛大的集市，在八月的晨风中，我背着老北岛的“八月的集市又临霜降”，杀了趟旧货市场，买到了我1974年苦背的《神童诗》——学乃身之宝，儒为席上珍。君看为宰相，必用读书人！

五三　恰同学中年

在团结湖“眉州东坡”，跟多年未见的中学同学聚了一把，一位同学在税务局升迁，借此搞顿饭局。

我们78届的中学毕业生，由于若干历史原因，结构比较混乱，从生于1957到生于1964各年龄的都有。那时刚刚粉碎“四人帮”，教育制度还不健全，社会上的歪风邪气比较多，很多人十六七岁就在社会上混，经常因“严打”而进局子。

那时候的学习几乎就是在“学坏”，什么都不学就算是好学生了。文化课都一边儿待着去，老师都一边儿捎着去，从小学到中学我也就学会了写自己的名字，还会背很多古典诗词，还有就是在小学六年级突击学了一把汉语拼音，所以现在能用智能ABC打字。

虽然是78届，考大学却得考79级，因为我们那时是寒假毕业。我痛恨理科，老觉得自己无理狡三分，有理说不清。我的作文一直比较好，语文课代表几乎成了我的专业户，我要不当语文课代表，我们学校就不敢有语文老师了。复习考大学的时候，我自然选择了文科提高班，准备向北大或复旦中文系进军。并暗自立下志向，日后怎么也得当个作家，起码得写出跟冯德英“三花”——《苦菜花》《迎春花》《山菊花》比肩的作品。

“文革”期间，教育程序极为混乱，一会儿寒假毕业，一会儿暑假毕业，这一折腾，我读了七年小学，再加上八岁我才上学，我上初一时，已经十五了。那些神童们十三岁就上了科技大，我十三岁还猫在小学学汉语拼音呢。那时候上学特别舒服，我们什么也不学，老师当然什么也不教，有些学生不知道谁是他的老师，有些老师想不起谁是他的学生。不过，在那个没有教育的年代，我们照常发育，挡不住的荷尔蒙，十四岁已有人谈恋爱了。

饭局的同学当中，有一位私企董事长，当时是我们文科提高班德高望重的才子，能交叉背诵苏东坡的“前后赤壁”——壬戌之秋，是岁十月之望、七月既望，步自雪堂。苏子与客泛舟，将归于临皋，游于赤壁之下，二客从予。清风徐来，过黄泥之坂，水波不兴，霜露既降……

当时才子，现时董事长，于一表人才掩护下，情已萌动，窦就是不开，耽误了好些好事。他当时狂暗恋一堆女生，一堆女生也巨暗恋他，可这层窗户纸比铁还厚，等到想要捅破的时候，都已飞鸟各投林了。

所以，他在做成董事长之后，经常需要跟客户应酬，便在歌厅里把唐诗三百首教会了300个小姐，每个小姐学会了一首。有一次，我在歌厅里聆听董事长给小姐讲古典诗歌，他说：两个黄鹂鸣翠柳，后面接什么？一小姐迅速回答：一行白鹭上青天。董事长说：既没新意，又没技术含量，应该接一片孤城万仞山。另一小姐问：那两岸猿声啼不住，后面应该接什么？董事长说：废话，一行白鹭上青天。

同学会上，我旁边坐着的那位女同学，依旧徐娘2/3老、风韵

1/4存。我们撞了杯酒，往根儿上一回首：喔噻！我们已经1/4世纪没见了。那时一到考试的时候，我就让她抄我卷子，后来干脆我先把她的卷子答完，再答自己的。

同学中的女生已经有90%不在岗了，一说起来，我们这些准60后已奔五张了，恰同学中年，可我们1/4世纪前，真的同学少年都不贱，把贱得滴滴叫的情感，憋到大男大女的时候，才敢轻微咳嗽一声。

五四　雪中送叹

2003年11月6日，电闪雷鸣，雨雪交加，冬季到北京来看雨，然后看雪，雨雪之交一道闪电袭来，然后雷霆之势气吞京华，足以达到惊风雨泣鬼神的雄浑境界。戒酒多时的我，禁不住开启一瓶苏格兰岛屿威士忌，就着雨雪雷电四象聚合之气，一饮而尽。

记得在1979年11月初，刚刚走上社会、参加工作的我，穿着军大氅戴着羊剪绒兜里揣着刚发的33元工资，下完夜班奔家走，在大山子临街的一家小酒馆跟工友逗了四两“红粱大曲”。奔家走的路上，已是雨雪叠至，雷电齐下，我顿时被惊着了。这样的景致人生真是难遇，而对我这个11月出生的天蝎来说，诡异的天蝎座也许彰显一种奇特的星相，而人生的命运亦变得无法预料而又充满挑战。直到今天，我算弄明白这种罕见的雨雪雷电交汇的景象，是冷暖空气在天宇九霄铿锵碰撞所致，而人生未尝不可在两极的交锋中奔向自然。

2003年初冬震撼性的气象与1979年惊人相似，只不过我从青年工人成长为中年记者，从一个在流水线上搬运音箱喇叭的搬运工，发展成一个用电脑写东西的脑力工作者，从一个初恋时不懂爱情的莽撞少年，变成一个结过两次婚已对爱情荒疏淡漠的中年男人。一声慨叹，万物萧疏，旧时的光影一掠而过，我当了半年临时工的798厂，如今已成为众多艺术家的啸聚之地。大山子，听着这么土的地方，摇身一变成为前卫艺术的乐园。

第二天，雪过天晴，街上的许多树木都被一场怒雪摧折，唯有青松挺立，笑傲风雪，我背着陈毅元帅的名诗“大雪压青松，青松挺且直，欲知松高洁，待到雪化时”，一脚踏进青鸟健身房，将三头肌推向一个新的层次。

五五　买下爱情之路

在朝阳路慈云寺与英家坟一带，曾经是著名的国棉一厂、国棉二厂、国棉三厂老厂房。在八十年代初，纺织女工是工人阶级中一支洋溢着火红青春的生产大军，她们特别能战斗，为实现四个现代化加班加点，织出社会主义祖国溢彩流金的美好蓝图。同时，这里又是“美女职工”云集之地，体健貌端、面色红晕的年轻女工把青年路装点得姹紫嫣红。

如今京广大厦对面，是402路公交车站，在八十年代那些星光灿烂的夜晚，年轻的纺织女工下夜班之后，从棉纺厂乘坐112路无轨电车，到此换车，然后奔向她们的家。她们有说有笑，说的是家长里短，笑声一定是银铃般清脆，刚刚浴过的秀发在夜幕中还披着晶莹的水珠。

当时，我交了一个国棉二厂的女工，经常到402路呼家楼车站接她，偶尔也到厂门口等她，给她买糖葫芦或烤白薯。402从大北窑发车，车上一般很空，我负责给她抢座，有时只抢到一个座，她就坐在我腿上，我一直把她从呼家楼送到驼房营的小平房家中。她刚下夜班一般还不困，兴致还挺高，就摊俩鸡蛋，炸盘花生米，跟我喝二两“通州老窖”。记得有个月白风高之夜，她送我出来，在一堆干枯的高粱秆旁借着酒劲儿跟我一通地老天荒煽“K斯”，我一激动差点儿把刚喝的白酒倒出来。

所以，青年路附近的楼盘一开，我二话不说就盘下一套，多贵我也得买，这叫“买下爱情之路”，有些失去的东西能买回来就不错了，还问价干吗？

五六　经过“非典”才算经典

大地已芳菲，春花开满园，不知空气之中，是否有传染？我欲踏青而去，又恐桃花人面，飞沫入鼻关。人间五月天，只能锁珠帘。风云变，瘟疫行，光阴黯。留得青山，换取明日杜鹃。纵然已被隔离，也要气定神闲，临风送高远。但愿抗“非典”，千里报平安。

在“非典”时期，我把苏东坡写给明月的诗，写给了抗击“非典”的峥嵘岁月。在坚壁清野、闭关抗击的日子，我把自己坚守，实行自我隔离，别去人潮人海有你有我更有异动呼吸的场所，别让疑似飞沫穿过我的口腔，别让冠状病毒与我擦肩而过。在“非典”岁月，一个人如果健康着，你周围的朋友也跟你一起享受健康。人是社会中的一处链条，如果你坏死了，与你连接的链条都将停止转动。

当然，东风春色关不住，一枝红杏须出墙，要不然没染上非典也得了自闭症。如果鸟语花香、湖光水色中也有“非典”，那我们就不叫人类了。所以我必须在夕阳西下去龙潭湖公园徜徉，虽然浓浓春色已被口罩遮掩，但在鸟语呢喃中我尽情回归自然。在月满西楼的夜晚，我沿着护城河畔碎步轻跑，东南二环高压钠灯的灯火映入水底，一条水中的银河把我带向左安门开阔的风中。

葵花宝典抗击“非典”，经过“非典”才算经典，人生永远有起点，就让非典没落点。亲近自然，热爱生命，“非典”终有被斩除的那一天，很多人的生活习惯也将随之改变。面对非典的污染，感受绿色自然比灯红酒绿，更让生命绚烂。

我一直关注经典，不想斜刺里杀出“非典”。我突然明白，经过“非典”考验才算经典，于是我写下“非典”时期的经典：

冠状病毒一变种，侵袭人类是元凶，高度重视严防范，沉着应对要从容。

“非典”时期更爱妻，就算在家受着气，也比天天出门强，就怕有人没隔离。

纳米口罩封鼻口，坐车打的风通透，尽量别往人堆凑，回家首先要洗手。

洗手要用流动水，人生要闯“非典”关，待到明年五一节，一同踏青春满园。

通风要通三十分，洗手要洗三十秒，室内经常把香烧，户外散步兼长跑。

清洗空调隔尘网，晒衣晾被迎阳光，消菌杀毒不可省，医院一定少探访。

饮食营养要跟上，充足睡眠有保障，抗病药物适当服，锻炼身体当自强。

不怕“非典”多嚣张，就怕意志不坚强，迎战病魔齐动员，白衣天使是榜样。

万众一心抗非典，迎难而上求发展，打好五月攻坚战，迎接六月艳阳天。

五七　灯火 2008

1948，解放军排山倒海千里直下，横扫千军准备埋葬蒋家；

1958，“总路线”“大跃进”“人民公社”三面红旗红遍天涯，我还没有生下；

1968，我在文化大革命中开始学文化，在老师头上小鬼当家；

1978，恢复高考我立志考北大，结果考上的是电大；

1988，我恋爱学习两手抓，写诗写稿都不差；

1998，我泡遍酒吧；

2008，我没有拧巴！

2018，嗨，想那么远干吗？

2008，我对你有些牵挂，那一段热情洋溢的私房话，咋就没升华为千古佳话？

2008，你别再跟我拧巴，我且问你灯火万家我们是不是一家？我再问你一家人不说两家话我们为何吃冰棍拉冰棍总没话（化）？我还要问问你志同道合我们干吗不合卿卿我我凭啥你那么轻视我两小无猜你我为啥瞎青梅竹马干吗要跟我码逼码？我继续问你——算了吧还是甭问了，问了也是把生命语言灵魂气质白往外搭。

灯火2008，我坚守在一盏灯下，看着你用小资的姿势钻进一个吸鼻涕（CBD）男人的肋下，然后数声啼鸟怨年华，又是凄凉时候，在天涯。

酒桌2008，我振臂挥起一瓶科罗娜，看着你涂满理肤泉唇蜜的嘴巴把一口啤酒抿下，顿时想象绿杨堤畔问荷花，记得年时沽酒，那人家。

2008，我抢在夕阳西下，自己先颠儿家；2008，我伴着月华初上，决定再出马。

擂响2008，东风夜放再怎么忽悠起花千树也得遭遇古道西风瘦马，大江再怎么东去也得经过小桥流水人家，众里寻她千百度那都太磨叽了我就在你内心世界苦度生涯，待从头收拾旧山河我还是先收拾你丫一把。

咦，噫吁戲，08乎高哉！松阿珠阿吉，你在我唯一中再成唯一。

进入2008，朋友，你吃了吗？准备继续吃香喝辣。你没事儿吧？你要没事儿我更没事儿啦！

唱响2008，一片美好年华——我带你逛燕莎，请你撮基围虾，穿的名牌是阿桑娜，用的化妆品是欧莱雅。你说你撮烦了基围虾，我又请你撮三杯鸭，撮腻了三杯鸭，又改撮皇城老妈。你渴了，我给你买美年达；你饿了，我请你吃四川豆花；你失恋，我陪你唱爱的代价；你想家，我让你听烛光里的妈妈。苦了我一生，幸福你刹那。你坐的出租是索纳塔，用的手机是诺基亚，泡吧喝的是长岛冰茶，蹦迪非要去COCO BANANA，可你还要往上加，逼着我去买轰达，买完轰达买宝马，买完宝马又盼着玛莎。

2008，一大片落花，一小片秀发，一堆内心挣扎，一片苍天买尬！姐姐今夜我在德令哈，妹妹今夜我在撒哈拉，哥们儿今夜我在欧罗巴。爱情今夜我在温哥华。这是唯一的、最后的天涯；这是唯一的、最后的优雅……

五八　穿越1976

如果你从1975年直接跨入1977年，从1975年“反击右倾翻案风”的风波中直奔1977年恢复高考的第一次招生的激动中，从1975年暮春的北京街头高喊着“揪出党内最大的走资本主义道路当权派”，一路来到1977年冬季的考场奋笔疾书高考作文《我在这战斗的一年里》，那将是一场从愚昧到启蒙的大转折，从“文革”到文化复苏的自然也是命定的衔接。

但是，如此直接干脆却不可能，因为你遗忘了沧桑沉重的1976，这是中国历史上可以跟1949、1966并列的年代，你必须记住一些日子、一些数字、一些名字以及一场三十二年之后在汶川重复的灾难。这是1976年中国跌宕起伏、永刻史册的时间表——

1976年1月8日9时57分，周恩来逝世；1976年4月4日至5日，北京民众自发在天安门广场悼念已故的周恩来总理，同时表达对“四人帮”的不满和抗议；1976年7月6日15时01分，朱德逝世；1976年7月28日3时45分56秒，唐山发生7.8级地震，242419人丧生；1976年9月9日0时10分，毛泽东逝世；1976年10月6日，以华国锋、叶剑英、李先念等为核心的中共中央政治局，执行党和人民的意志，采取断然措施，果断地逮捕了江青、张春桥、姚文元、王洪文，王张江姚反革命集团就此被粉碎。

1976年7月28日，唐山大地震震荡着整个华北平原。地震的那个夜晚，人们从梦中惊醒，呼啦一下从家里跑出来，惊悸、战栗、仓皇不定。楼前的空地上站满了黑压压的人群，被漆黑、荒凉的夜幕压制，没有星，不见月，只有恐惧慌乱的眼神，在黎明前的黑暗中游移。

第二天，又有几次余震，人们在高喊：地震了，快跑啊！穿门绕廊，拐弯抹角，求生的欲望让我们身手矫健。这一天，天阴得像阴谋家的脸，在阴郁的暮色中，各家各户都向野外进发。当时盛行“小道消息”，说今夜震中将从唐山移到北京，人们怕极了，拿着马扎，揣着细软，逃命去吧。

我的父亲，1947年在辽沈战役人民解放军解放东北之后，入伍跟随林彪的四野直向北平开拔，准备参加平津战役。“四五运动”时，怀着对敬爱的周总理的深厚感情去天安门广场自愿参加悼念活动，后被打成准反革命，在797厂停止反省写检讨，接受工作组的审查。地震的第二天下午，父亲突然回家，我问他：不审查了？我爸说：都震成这样了，工作组都吓跑了。

似乎是地震的缘故，对我爸的审查在恐怖的唐山大地震的阴影中不了了之，其实我爸就是四五的时候到天安门广场给周总理献了朵小花，抄了几首悼念诗歌，就被别人打了小报告，到工作组给揭发了。

地震后的几天中，由于官方封锁消息，主渠道不畅，小道消息铺天盖地，说唐山都见不着活人了，京津唐是同一条地震带，震完唐山就该震天津和北京。妈呀，大家心里都很惊恐和压抑，报纸上却老宣传要夺取抗震救灾的伟大胜利，越这样人们心里越没底，越瞎传信息。突然，我爸被单位叫去了，传达上级指示精神，共产党员要以身作则，在这个时刻要做到——不造谣、不传谣、不信谣，坚持党的方针不动摇。

我那时候正在上初三，学校早已停课，整天无所事事，后来学校觉着把学生这么放鸭子也不是回事儿，就组织我们去农村拔麦子割稻穗，既可以防震，又可以接受贫下中农再教育，一举两得。

九月是北京最好的天空，秋空一碧无今古，万里无云有大雁。我们在田间麦地辛勤劳作着，有个叫耗子的男生比较坏，他在麦地里逮着一只耗子，就偷偷攥在手心里，悄悄挨近胆小的女生，嘴里说着“你看这多好玩呀”，突然拎着耗子的尾巴在女生面前乱晃，吓得女生吱哇乱叫。

毛泽东一逝世，举国陷入旷日持久的哀悼中，我们在学农的生产队里跟农民们一起参加追悼会，不少农民都哭了，我们也很肃然，停止了追跑打闹一切娱乐活动。这时候唐山的灾难好像已被遗忘了，只有伟大领袖的逝世给我们带来深切的悲痛。很快，中国人民化悲痛为力量，彻底粉碎“四人帮”，不过，唐山大地震的阴影却在恐惧中延续着。

进入1976年深秋，又传闻京津一带冬天会有地震，全民总动员集体搭建抗震棚，大家要在棚子里过冬。我家楼前的空地上，由工厂统一安排搭建抗震棚，油毡、木料、铁丝、麻绳全部备齐，盖好之后把自己家的床搬进来，被子褥子枕头一铺，还真像野外旅馆。当然不能缺少取暖，棚子外面还要搭取暖层，生蜂窝煤炉子，支着烟囱冒烟。有的家嫌工厂统一搭的抗震棚手潮，干脆拆了自己盖，有的还盖出一套间来，还能生火做饭，赶上星级酒店了。

我冬天怕冷，没住抗震棚，住平房，怕地震不敢睡床上，就睡床底下，床垫和褥子都很厚，煤球炉一生还直冒汗，就是出来撒尿不方便。到了1977年5月，我也想体验一下睡抗震棚的感觉，就开始狂睡抗震棚。进入夏天，抗震棚就成了我们这些中学生幽会偷情的好去处，我曾看见我们班一个有流氓倾向的男生拉着一个有破鞋嫌疑的女生进了一间抗震棚，后来里面传出一些怪异的声音，反正女生最后出来时头发有点儿乱，这次事故是不是构成对我人生的性启蒙，还有待历史学家考证。

我在抗震棚里的岁月多是用来学下围棋，攻读吴清源的《黑布局》《白布局》之后，围棋顺利入门。还有就是熟读竖版繁体《唐诗三百首》。有一次我就着满树蝉声读到孟浩然的“八月湖水平，涵虚混太清。气蒸云梦泽，波撼岳阳城……”虽然我龟缩“抗震棚”一隅，但内心气象万千，与精神达成一致，自然与人生于浩然之气中欣然沟通。

五九　生于七十年代

搭上生于五十年代的末班车，我的理念总体趋向于生于六十年代，但有时为摆老资格，我尽量把自己往生于五十年代上靠，因为生于五十年代的有王朔和顾城，还有莎朗斯通和米高积逊。

但是，我的文化所指则完全属于生于七十年代的范畴，不仅是因为我的两次婚姻都在生于七十年代的女人那里落了听，更因为我的文化家园直接在生于七十年代的人们那里普获知音。

生于七十年代，是在社会转型期成长的一代，他们不像生于六十年代那样顽固，也不像生于八十年代那样浮躁，他们中间的优秀者已进入稳定思索阶段，他们中间的佼佼者已在社会上建功立业，而更多的平凡者正逐步进入正常的生活框架，他们在有戏与没谱之间把戏做足，而把“没谱青年”的帽子甩给了八十年代，八十年代很快将这顶帽子甩给了九十年代。

在与生于六十年代的芸芸众生中找不着的共同语言，立马在生于七十年代中得到回应，早在二十世纪九十年代，我已开始投身生于七十年代的洪流当中，于某一个时辰，在东四或西单平民化的小餐馆，我可以跟一个生于七十年代的女孩把人生聊个底儿掉。

生于七十年代，是一个多么秀美的概念，有着炫如夏花的灿烂。二十年前社会的转型给了他们一种激荡人生的动力，二十年之后，他们在社会的稳步发展中尽情收获。伴随着白领小资的晨曲，他们步入新的一天，而生于六十年代的人们正在疲倦中酣睡，生于八十年代的朝阳青年还没有北的概念。

我身边那些驾驶着“宝来”或“POLO”的成熟女性，佩戴着生于七十年代的标签，正缓步驶向东三环拥挤的车流中，她们身上“纪梵希”或“巴黎世家”的香水气息，正弥漫于整个CBD地区。

转瞬之间，生于七十年代已直奔四张，想起2002年的夏日，在三里屯南街的生于七十年代酒吧，那时跟我混的最年轻的70后，才二十三岁。岁月像一把刀，顶着你的后脊梁，让你年华老去的同时，留给你一道沧桑的划痕……

六〇　吟唱八十年代

别弄错了，我在此吟唱的八十年代，不是在八十年代走上社会的，而是生于八十年代的，俗称80后。80后的概念基本上是我定的，因为大仙是“80后教父”。不信，你到百度上去搜，大仙（空格）80后教父，也许你就会看到“夜宴80后”“满城尽是80后”“阳光总在80后”。

我媳妇知道我喜欢80后之后，就特别反感，问我你已经娶了70后，干吗还惦记80后？我没敢说，但心里在说：我还喜欢90后呢。所以江湖上盛传，大仙已奔袭90后，我的不白之冤就是跳进朝阳公园和红领巾公园已经贯通的北京地下水系，也洗不清。不信，你再去百度搜一下，大仙（空格）90后，是不是也有我的恶名？别忘了，90后早熟的女子也已达到“满城尽带黄金奶”的境界。我坦诚地告诉大家，我现在走的是85后路线；我更加坦诚地告诉大家，我是50后。

世纪初，在“北京爱尔兰”酒吧，春树送给我一本她编的《八零后诗选》，让我猛然觉得生于八十年代开始了他们的时代。我看到春树的一首诗：“我的眼睛那么大，身旁的人那么年轻，我一转身，走进夜色，或者走进厕所。”倒退二十年，像春树那么大的时候，我刚学会写朦胧诗，那时候全中国的文艺青年好像都在写朦胧诗，追求那种月不朦胧鸟朦胧，人不晦涩诗晦涩的意象。

曾经，黑大春在编《六十年代诗选》时，对我说，你生于1959，所以把你排除在外。后来有人编《五十年代诗选》，还把我排除在外，说我属于“朦胧后”，应该进入“第三代”范畴。我不服，质问对方，那北岛生于1949，怎么也进了五十年代？人家一句话就把我噎死：北岛涵盖五十年代。可是，等人再编《第三代诗选》时，还把我排除在外，一打听才知道，“第三代”是指北京之外的现代派诗人。我怎么这么边缘呢？一气之下，就跟张弛、黄燎原办了本《边缘》诗刊，对主流全部封杀。

惊回首，我八十年代初穿着8寸半的弹力板丝呢喇叭裤、醺着“华登头曲”在羊杂小馆跟几个车钳刨铣的工友狂吼“宝拳一对，八马双杯”。进入〇〇年代，人家生于八十年代的有为青年，唱着张雨生的《大海》，哼着张惠妹《海哭的声音》，海归了。我真想送给生于八十年代一句孙燕姿的名言：统一冰红茶，年轻无极限！

在七彩大世界的七彩之夜，一位生于1980比外企还有企望的女孩，就像米高·舒马赫获得他人生第60个杆位那样，驾驶着“迷你库柏”在我面前戛然而止，说了句：仙儿哥，今夜的酒我请！而在两年之前，她刚大学毕业跟我混在三里屯南街街边小卖部的板凳上，与我用刚撮完的熘肝尖和经常复发的胆囊炎肝胆相照。她说了句：如果卑鄙是卑鄙者的通行证，那我宁可不要护照，绝不出国！她这句话当时真把我往痉挛的境界打动，差点回家就把护照撕了。

那夜，跟一个生于八十年代的女孩在京润水上花园的“水边吧”聊天，她是一个周杰伦的爱好者，她问我：东风为什么要破呢？我回答：西风恶，所以东风破，从字面上理解，西风是恶霸，东风是破鞋。她问我：什么叫破鞋？我说：曾经有过一段儿，高跟鞋就叫破鞋。

六一　90 后豁然走向人生

不知不觉中，90后已豁然走向人生，进入2008，90后的先驱——生于1990的追风少年，已年满十八岁，在一场大雪之后，你们一夜成年。在西方，你们已到人生独立的年龄。

我的那篇《90后已出动》实际上是写于2007年春，当时的女孩只有十六岁，刚上高中，在酒桌上一夕畅谈之后，按照当下最俗的说法——我感觉90后会有一个美丽新世界，当然80后亦在新世界的美丽中。我要不这么说，80后又该烦我了，又觉着我轻视他们了，岂敢！

没想到这篇谈论90后的博文能引来热议和剧争，看来人们对90后的话题还是倍儿感兴趣，我这个小地盘一时间成为80后与90后论战的园地。我就喜欢别人畅所欲言，冬天太冷，不爱出门就来我这里留言吧。

那天还跟石康说呢，你最近大谈80后，我只好写写90后了。有些人对80后、90后这种叫法不以为然，觉着没劲，其实这不过是一个话语概念，对当代青年的年龄层次区分得比较简洁明快，我在2002年就使用80后这一概念，2005年又推出90后的理念，而70后最早曾被我们称为生于七十年代。

这个90后的女孩不喜欢周杰伦觉得他比较做作，引来很多周董追星族的不满和讨伐，这很正常，周杰伦可算是港台文化二十一世纪强攻大陆的标志，当然有着一定的呼啦圈和忽悠群与之迎合。不过，喜欢不喜欢周杰伦对你的人生并不重要，他就是一唱歌的，你就是一听歌的，仅此而已。你喜欢周杰伦就去听他的歌，不喜欢周杰伦就去听别人的歌，没必要把周董弄得跟生命坐标似的，弄得跟宗教神话似的，本来就是一娱乐，结果成魔怔了，小心灵很容易走偏。你喜欢周杰伦怎么了？值得炫耀吗？我还喜欢过苏慧伦、徐怀钰、红孩儿、草蜢三杰呢，用我们成熟男人的话说——都是云烟！

各庄的地道都有很多高招，80后有80后的思路，90后有90后的想法，做好你自己就得了，用不着看着别人不顺眼。80后不要老对90后有小敌意，当初70后都没怎么着你们。80后现在所处的人文地理位置非常好，是二十一世纪肥沃的资源，所以不要急躁，不要抓狂，要多向你们德艺双馨的80后老前辈李清照奶奶（生于1084）学习——九万里风鹏正举，风休住，蓬舟吹取三山去！

还有，不要一对你们这个年代的人提出异议，你就跳脚、起急、乱骂，要学韩寒老师，当王朔讨伐80后时，人家韩寒就很开明——80后跟我有啥关系？我又不属于80后。韩寒多聪明呀！比如，我属于50后，但你要想灭50后，我就不着急，我还以为你灭的是生于公元前552年的孔子呢。

六二　我要组年代趴

我曾写过一篇《轰趴入灵魂》，一度home party到天明，我混过不少貌似有主题的趴——生日趴、单身趴、新欢趴、旧情趴、怀旧趴、“文革”趴、面具趴、旗袍趴、睡衣趴、浴缸趴、办公趴、护士趴、中山装趴、丝袜趴、男黑衣女白裙趴、模仿名人趴、计划生育趴，不少都因较烦琐、太嗨瑟、难操作，没几回成功的，这种另类主题趴在北京很快就流产了。我自己成功组织的就是——诗歌趴，首都的诗歌中青年还是有不少积极响应的；还有就是十年老友趴，大家为了十年朋友情、哥们义，干十杯，很快就喝大了。

在我组的大饭局当中，我都得带头站起来先干为敬，嘴里喊一声——50后的喝一个！50后就我一人啊，所以我得连喝三个。接下来一帮60后的站起来喝一个，更一帮70后的站起来喝一个，再一大帮80后的站起来喝一个。90后就算了，当时还未成年别瞎喝，现在可以啦。所以，我一直特想在圣诞这天组个年代趴，从我出生的1959直到1989，每个年代出一位，总共31位，形成一条不长也不短的历史河流和酒水河流。

有意义啊！真有意思，我的1959，是“大跃进”的尾声与三年困难时期的源头，“总路线”“大跃进”“人民公社”三面火红的革命战旗就飘扬在我酒仙桥医院产房的上空。1989也具有非凡的价值、深远的意义和刻骨的记载，所以，从1959贯穿到1989，这已经超越了一个普通趴吃喝玩乐的意义，不一定划时代，却具有颤抖的时代感；不一定历史性，倒具有追溯往昔的沧桑感。人不能总花天酒地、醉生梦死呀，人要在吃喝玩乐的某一时段，突然能感到荷马、但丁、歌德、莎士比亚就坐在身边，起码钱钟书坐在身边。

31位代表各自年代的与局者，将自喝一杯，然后阐述自己出生的这个年代一件人类或国家的大事，阐述的方式应该这样——我叫大仙，生于1959，被誉为新中国十大杰出建筑的工人体育场，就于1959年8月31日建成，伴随共和国走过了半个世纪，中国首次举办的大型国际体育盛会——1990年亚运会的开、闭幕式就在这里隆重举行，现在我们圣诞年代趴的饭局也在工体上演。接下来就是下一位——我叫某某某，生于1960，这一年发生了……最后收尾的陈诉是——我叫某某某，生于1989，这一年……

年代趴有一个郑重肃穆的开始，然后再慢慢转向吃喝的情调，聊天的兴致，举杯邀80后，敬酒向60后，五六七八一条龙，沿着社会主义大道奔前方。大家肯定猜对了，80后基本都是女孩，没错，我组的局，基本能达到红粉一片，尽染江山……

所以，生涯不忘初心，山河暗恋风云——不忘60后，善待70后，主混80后，发现90后，等待00后。

六三　后红卫兵岁月

虽然没赶上红卫兵运动，没经历过“对反对派造反有理”“破四旧，立四新，横扫一切牛鬼蛇神”的红卫兵浪潮洗礼，更没经历过伟大领袖毛主席的接见，但我还是加入过红卫兵。

1974年上初一的时候，由于我认真学习马列主义和毛泽东思想，积极要求进步，投身到革命的大熔炉里锻炼成长——那时候那么小，哪知道啥叫革命大熔炉呀？能见着个破煤球炉就不错了。我成为全年级第一批加入红卫兵的革命同学，并迅速成为红卫兵排长。每天还要带领班上的红卫兵同学出操，在校园里列队集合，我就喊——稍息，立正，向右看齐，向前看，向左转……

有一男红卫兵左右不分，竟然转错了向，往右转了，跟他好像喜欢的一个女红卫兵面对了面。这下老师生气了，把他叫出来，让我单练他。我只好让他做了100次向左转，他终于记住左是哪边了，生命或由此打下左的烙印。

我在喊完向左转之后，自然就是齐步走，其实红卫兵的操练也就那么回事儿，齐步走，步不齐，不齐就不齐吧，老师看见时差不多齐，看不见时接近遛大街。我有时还得带头喊几句口号：一不怕苦，二不怕死；提高警惕，保卫祖国；下定决心，不怕牺牲，排除万难，去争取胜利！

有一次，走着走着，不知怎么就走出校园，一个假积极混进红卫兵组织的同学说：咱回家吧，还操什么练、上什么学？说实在的，当时我也想回家，但一想到自己是红卫兵排长，要以身作则，遵守组织纪律，只好把队伍从大街上带回了学校。

最初的红卫兵袖标是布的，后来档次上来了，升格为绸的。开始我们还挺尊重红袖标的，但越来越觉得戴一红袖箍特傻，我们就把红袖标用别针别在书包带上，或者撮成一根绳圈戴胳膊上，有的人还把红袖标邋遢地垂在袖口上，甚至藏在衬衫卷起的袖子里。

1976年10月，大快人心事，粉碎“四人帮”，纵横十年的红卫兵也悄然退出历史舞台，成为那段历史荒烟中荒诞的记忆而被尘封。后来，我还把留着的红卫兵袖标给我姥姥戴上，有一次她出门买菜时忘摘了，被人们误以为是联防老太太。

六四　召唤新知青

1968年12月22日《人民日报》头版头条的按语转引了毛泽东的最新指示："知识青年到农村去，接受贫下中农的再教育，很有必要。要说服城里干部和其他人，把自己初中、高中、大学毕业的子女，送到乡下去，来一个动员。各地农村的同志应当欢迎他们去。"毛泽东号令一出，万千热血青年积极响应，全国共有1600万知青奔赴广阔天地，具体大有作为了没有不清楚，看上去是跟贫下中农打成一片了。全中国十分之一的城市人口轰鸣着就进驻了七沟八梁一面坡的农村，绝对轰轰烈烈了，主力都是1966、1967、1968的初中高中生，老三届这一概念也由此而来。

1968年岁末的寒风，北京的天黑得特早，外面也格外寒冷。万家灯火中，我在家门口看见不少比我大七八岁的孩子，打着背包集合奔北京站或西直门站坐火车接受再教育去了。当时我心里就嘀咕，以后我中学毕了业会不会也去农村呢？等我高中毕业那年，插队还剩最后一届，我在家里是老大，当时政策规定，老大不用插队，老二插，我就没当成知青。我的同学中有几个老二的，就近插，当时主要在中越人民友好公社插。北京郊区不少农村以前专为知青接受再教育的地方，现在都盖成别墅了，不知道哪大款哪名人哪洋人哪二奶住里头呢。

旧知青时代我没赶上，新知青时代我又赶过了梭，以80后为主的一代应该属于新知青，他们在社会转型一个本命年——十二年之后，于二十一世纪之初成长起来。当然，有个别80后的老炮在二十世纪末就开始混了，但大多数则是在二十一世纪的头几年才建立了混社会的雏形。

80后新知青——这应该是一个青春文化的概念，独生是他们的一大特点，貌似可以形容成“独生文化”。但独生并不一定独立，经济与文化的夹击使他们经常陷入困境。他们在经济上面临着强大的物质挤压，在文化上堕入习惯性的精神苍白。他们的文化补给基本都是港台的，一个周杰伦就能控制大陆50%青年的精神世界，剩下的则在陈奕迅、李宇春、郭敬明以及在快男13强的某一强那里找到依托。

80后新知青也构成了一个庞大的网络群体，他们是电子时代最有实力的消费群，中国网络的汪洋大海中，飘扬着80后青春的点点白帆。而随着90后蜂拥进每一个电游空间，中国的青年才俊一夜之间成为网络巨枭主要掠夺的对象。

带有文青气息、文艺情结的一代新知青，在博客中把自己的小生命倾诉得一番底儿掉，随便点开一个80后，就是一部青春迷惘史。而且大家都一样，都这么晕着，满世里去找北，把北都吓得跑外星去了。

新知青也有他们的优势，优势就是不定型，不像我们这些老干葱，已经这德行了，就不能那德行了。80后正在新晋中，他们是进行时，未完成，可持续性发展的因素巨多，可多样化的选择不少，是中国必须加大力度培育的新锐，这就是他们青春四溢乃至八溢的本钱。但是我告诉80后——三十岁来得飞快！而四十岁近在眼前。

六五　反潮流年代

黄帅出书了，常年待在日本的四十五岁的黄帅出了一本随笔，叫《黄帅心语》。现在的80后只知道李宇春，不知道黄帅。我告诉你们——当年黄帅的名比现在的李宇春还大，黄帅年仅十二岁就成为大灭“师道尊严”的超女。

1973年12月12日，《北京日报》以《一个小学生的来信和日记摘抄》为题，刊登了海淀区中关村第一小学五年级学生黄帅反对“师道尊严”的日记和来信，正处于阶级斗争敏感期的政治舆论，立马跟风力挺黄帅，把这个十二岁的小女孩当成“反潮流”的榜样。1974年8月4日，著名御用笔杆子初澜，在《人民日报》上批判湘剧《园丁之歌》，并引用了黄帅的革命口号：“在革命滚滚向前的洪流中，资产阶级老爷们发出悲哀的号叫，挽救不了自己灭亡的命运。”所以，当时在我们这些学生的印象中，男中张铁生，女中黄帅，都是革命的中流砥柱。

1967年11月，我年满八岁新生入学，开始上小学一年级。不知是哪位伟人说的——知识从你出生的那一天起，就伴随着你来到世上。我打小就不喜欢上学，喜欢在家自学，扛到八岁没办法了，邻居家的孩子都上了，我再不上学真成社会混子了。不过，别看我八岁才上学，但我十一二岁就树立了世界观和人生观，不像现在的80后，到二十一二还没能力给自己的人生定位呢。有天北大开学时，一个新生让他们家七个家长和亲戚陪着来报到，搁我们那时代，学校早把这孩子给开了，离开家长你还能活吗？

1967年10月14日，中共中央、国务院、中央军委、中央“文革”小组发出《关于大中小学校复课闹革命的通知》，要求各地大中小学校一律立即复课，边教学边改革，逐步提出教育制度和教学内容的革命方案。我成为“复课闹革命”之后的第一拨新生，但我们学校“闹革命”的声势完全压倒“复课”的声势，我既不喜欢“闹革命”，也不喜欢“复课”，没上一个礼拜课，就溜回家待着，街道上到处乱窜。

记得1973年12月中旬以后，随着黄帅“反潮流”的声势煽起，反“师道尊严”、反“智育第一”的运动在学校中轰轰烈烈展开。当时，老师见着我们都跟“孙子”似的，我们也真正体会了一次在学校“当家做主”的气派。

不过，我们对老师还算仁慈，没怎么欺负她。已近青春暮年的班主任，脸上还乍现一抹少女的红晕，她做人比较厚道，跟我们商量着：你看你们都这么大了，马上就要上中学了，可连汉语拼音都不会，实在说不过去，我给你们突击补习拼音吧。于是，我小学六年级学会了汉语拼音，也幸亏我们当时的班主任比较敬业，要不我以后怎么能用智能ABC写博客？

1974年夏天，伟大领袖毛主席畅游长江，黄帅也参加了，当时我们特别羡慕她，被毛主席接见是最大荣誉，跟毛主席一起游长江，那是绝顶荣誉。1975年，我们参加了纪念毛主席畅游长江横渡昆明湖的活动，黄帅也来了，她意气风发走过我们身边下水畅游。要搁现在，我们绝对找她签名、拍合影、发微博，没准儿还会喊出——黄帅黄帅我爱你，就像老鼠爱大米！

而在2017年12月10日，五十七岁的黄帅因患癌症在北京逝世。去世前，这位昔日的反潮流革命“小闯将”已变成一位温和的母亲，常被人称赞为拥有“直直的笑，淡淡的愁，高高的心，低低的调”的美好女性。

六六　语文课代表

1974年我上初一，集红卫兵排长、学习委员、语文课代表三职于一身。当时全国正开展批林批孔运动，我对批林感觉一般，对批孔特别感兴趣。不是因为孔老二的“克己复礼”是不是封建社会的反动纲领，而是觉得通过批孔，我的古典文学功力大增。因为批孔中有很多古典教材，当时被当成封建反动教材，比如《神童诗》《名贤集》和《增广贤文》，皆为先人名训，教人恪守做人之道，同时励人心志。当时我最喜欢的封建主义传统诗歌是这首——自小多才学，平生志气高，别人怀宝剑，我有笔如刀!

那时国家老搞运动，隔三岔五就来场政治运动，我的小学和中学基本就是在运动中度过的。在那个革命运动如火如荼的年代，我经常把反面教材当正面教材偷偷学习，一个十四岁的孩子，开始喜欢上古人的东西。别人在耍流氓搞破鞋，我在耍笔杆搞文学，十四岁就开始模仿着写古诗了。所以，当个语文课代表对我来说绰绰有余。有一次我跟老师讨论《神童诗》中的“学乃身之宝，儒为席上珍，君看为宰相，必用读书人”。老师说：为什么要批《神童诗》呢？太反动了！孔老二腐朽的封建主义思想宣扬的就是儒家统治天下，要让那些封建资本主义的臭老九骑在人民头上作威作福。

因为我是老师“钦点”的语文课代表，壮着胆子跟老师交流：您说得都对，但有一点，“君看为宰相，必用读书人。”这可说得是您啊，你咋也把自己当臭老九了？虽然您当不了宰相，当也别把自己当臭老九啊？老师一下颓了：小王同学（我姓王，王关戚的王、王张江姚的王），你真理解我，我心中有苦啊，都说知识越多越反动，我反动吗？我想反动也不敢反动啊，我们家受过造反派冲击呀！我说：我知道，老师您是一个好人，您是违心批判《神童诗》《名贤集》《增广贤文》的，可我在这些文章里看到了学习励志的根本，比如我喜欢《神童诗》里的这句——朝为田舍郎，暮登天子堂，将相本无种，男儿当自强。老师来情绪了：好，我支持你！我教你一句更加励志的——须受苦中苦，方为人上人！

后来，我们这位可爱可敬的语文老师，因为家庭背景不过硬，表面思想觉悟高内心觉悟不高而被调到远郊区当老师了，来了一位比较横的革命觉悟高的语文老师，貌似壮志凌云要实现共产主义解放全人类那种，跟我这个有点儿喜欢“封资修”的语文课代表格格不入。在1975年反击右倾翻案风的高潮中，她没收了我们一堆课外书，其中有《家》《春》《秋》《苦菜花》《迎春花》《山菊花》《太阳照在桑干河上》《莎菲女士日记》《林家铺子》《蚀》《青春之歌》《林海雪原》《暴风骤雨》《上海的早晨》《红旗谱》《牛虻》《毁灭》《青年近卫军》《封神演义》《西汉演义》《水浒后传》，因为这些书都属于“资产阶级的毒草”；逼得我们只能看《钢铁是怎样炼成的》《欧阳海之歌》《大刀记》《万山红遍》《渔岛怒潮》和《盐民游击队》这些“无产阶级的香花”。于是我愤然提出辞呈：语文课代表不干了！语文老师说：不干好啊，正不想让你干呢，写篇思想汇报吧，看看你这个这语文课代表的思想觉悟有多高。于是我奋笔疾书，飞快地写出——

在你还没有成为我的语文老师的时候，我时时刻刻高举毛泽东思想伟大旗帜，认真学习马列主义和毛泽东思想，积极参加以批林批孔为主的各项政治运动，努力提高阶级斗争觉悟，坚定地站在无产阶级的革命立场，思想上严格要求自己，学习中积极要求进步，自觉加强革命的组织性和纪律性，投身到革命的大熔炉里锻炼成长！

老师说：你还知道革命大熔炉呢？不简单呀。我说：那是，和平解放北平，我爸参加了，我是军人的后代，知道四野吗？中国人民解放军第四野战军！老师有点儿服软：那你还是当语文课代表吧。我没收你们的课外书，是因为我自己也想看，看完了就还给你们。到时我偷偷还你，你可千万别跟别人说呀。

其实当年上中学时，虽然有点儿革命觉悟，但真心不爱看课本上那些“假大空”教材，都憋着找课外书看，尤其那些老被批判的书更爱看。没办法，无产阶级的香花，真不如资产阶级的毒草好看呀，越是“大毒草”，越有味越好看。当然是上课时偷偷摸摸看，看完了赶紧往下传，再看下一本，这样很容易被老师没收。态度恶劣的老师，还撕过我们的课外书，这样的老师我们恨死了，永远不搭理，甚至想码逼。搁现在就是——老师敢撕书，我们就敢跟丫撕逼！

六七　熟读小人书

小人书不管是漫画也好，动画也好，动漫也好，我都比较生疏，看得比较少。因为我觉得我的人格挺幽默的，没必要再通过漫画寻找幽默，所以我几乎就没怎么看过动画片，漫画的书籍也看得很少。举个鲜明的例子，我到现在还分不清蔡康永和蔡志忠是谁跟谁呢，倒是把朱德庸给记清楚了，没把他当成“军中活雷锋”朱伯儒。

我为什么不爱看漫画书呢？因为小时候看小人书看伤了，几乎祖国出版的大半扇小人书我都看过，以至于见着连描带画的我就恶心。长大了我老反思，为什么要管连环画叫小人书呢？难道创作出小人书的人是小人吗？难道看小人书的人是小人吗？难道看小人书的小人长大之后变成大人还是小人吗？难道大人里就没小人吗？唯小人与女子难养也，这是哪不靠谱的说的？我们那时还是小人的时候，赶上三年困难时期，给点儿树皮草根就疯长，怎么难养了？谁说女子难养，难养为什么还有人包二奶？普天下那么多贤妻良母，她们难养吗？倒是她们把男人养得一身臭毛病。一提起孔老二这句在万恶的封建社会说的话，我1974年参加批林批孔运动的劲儿又来了，差点儿吼出一声“打倒孔老二”！

三年困难时期、“四清”运动、“文化大革命”，又招来一唐山大地震，中国一溜小跑直奔天灾人祸而去。那时候精神食粮那叫一奇缺，只能看小人书，而小人书中全是英雄事迹。董存瑞舍身炸碉堡，黄继光奋勇堵枪眼，邱少云烈火炼真金，杨根思拉响爆破筒，刘胡兰慷慨赴铡刀，江雪琴英勇上刑场，狼牙山五壮士集体壮烈跳悬崖，牡丹江乌斯浑河畔抗联战士八女投江，欧阳海誓死拦惊马，蔡永祥无畏救火车，刘英俊舍身护儿童，麦贤德负伤心向党，金训华滔滔洪水中抢救国家财产，刘文学青青菜地里勇斗地主分子，王国福拉革命车不松套，杨水才小车不倒只管推，焦裕禄病死在革命工作的光荣岗位上，向秀丽牺牲在抢救公共财物的大火中，戴碧蓉为抢救三名儿童在火车轮下失去左腿和左臂，草原英雄小姐妹龙梅玉荣在暴风雪中守护人民公社的羊群，学习雷锋好榜样，再学王杰好榜样，三学门和好榜样，祖国山河一片红，工农兵学商，处处有榜样。这些榜样，我全是从小人书上深刻了解和认识的，你说我还能是小人吗？

长大之后，离开了小人书，基本就不看带画的了，但我还间接创作过一回漫画作品。1994年，我跟《中华工商时报》大腕美编陈西林共同出了一本《登陆美利坚》——球星漫像集的书，好像是光明日报出版社出的。后来陈西林和王朔出了一本《狗眼看世界》，成为中国早期市场漫画的先驱。

进入荧屏时代，我在电视里看过《聪明一休》和《米老鼠与唐老鸭》，但都是有一搭无一搭看的，印象比较浅。我那时是一个诗人，终极问题还思考不过来呢，没事儿老看动画片，哪有这闲工夫？后来我去洛杉矶时，别人都去迪士尼乐园，我坚决不去，我宁可把洛杉矶的“里外死”店都转遍，也不想看米老鼠和唐老鸭，电视里还没看够呀!

人到中年，活得比较沉了，更不关心跟漫画有关的事物。我早期看的漫画，都是“文革”时期批判地富反坏右封资修牛鬼蛇神的漫画，打小就对漫画没好印象，觉得纯属侮辱人格。到了二十一世纪，都是高科技了，漫画早变成动漫之类的电脑作品了，我还是依旧落伍。有时候人呀，需要点儿落伍，倒显得比较老派，太新潮了容易没底气。有阵子80后跟我聊宫崎骏，聊得我一愣，这是什么东西？貌似日本的吧，有三岛由纪夫牛吗？没有就不关注。80后问我，三岛由纪夫是写游记的吗？我说，他不写游记，他擅长用日本军刀把自己的肚子剫开。

六八　厕所风云录

如果把厕所的意义上升到文化的层次，的确有不少耐人寻味之处。进入二十一世纪，人们喜欢把什么都往文化上搭，所以提出“厕所文化”的概念也并不为过。其实厕所文化就分两种，一种属于市井之俗，一种则为装修之雅。

装修之雅就是高级宾馆、餐厅、夜总会常见的那种厕所，现在叫卫生间或洗手间，尤其是一些比较气派的歌厅和迪厅的洗手间，还有服务员给你开水龙头、递毛巾或纸巾，甚至给你按摩几下后背，松松筋骨，这时候你肯定觉着不舒服，心想还得给小费呀。是的，老不给小费，人就会废。中国人一般都特不爱给人小费，去歌厅找小姐的除外，所以一般在高档娱乐场所上厕所，经常都会拒绝服务员的殷勤服务，总爱说：不用管，我自己来。

还有就是高档厕所装修进入家庭，如今我们常说的卫浴革命。博洛尼的洁具、科勒的水龙头、汉斯格雅的花洒，似乎有了这些国际品牌，才算洗练出中产阶层的起居风度。记得二十几年前，我在装修卫生间时，就不厌其烦跟人探讨过“美标”与“东陶”的优劣。如果卫生间的地面铺上西班牙晚霞红大理石，是否就意味着拥有皇家贵族如厕的格调？抑或四周铺满诺贝尔瓷砖，作为文化人就可以憧憬自己获得诺贝尔文学奖的那时辰？

其实厕所文化的重头戏不在装修这块儿，而在市井的俗气中，包括现在愈演愈烈的女厕所走光偷拍，针孔摄像头直逼珍贵私处的惊悚，这便是“新科技时代”道德下滑的必然产物。我这里强调的厕所文化的主要现象是涂鸦，这是一种集体无意识，是人类本能的一种发泄，同时也是一种草创文化无厘头的显摆。

在史无前例的无产阶级文化大革命中，厕所中随处可见“打倒谁谁谁”“火烧谁谁谁”“油炸谁谁谁”“绞死谁谁谁”的标语，用粉笔写或用小刀刻在厕所的墙上，当然也有“无产阶级文化大革命胜利万岁”“誓与资产阶级反动派血战到底”“揪出党内最大的走资派”“全世界无产者联合起来”等口号。1976年前后，公厕中也出现过“砍头不要紧，只要主义真，杀了夏明翰，还有后来人”“为人进出的门紧锁着，为狗爬出的洞敞开着”这些悲壮字句。所以，厕所文化在一段时间的确跟政治风云紧密相连。

不管是“文革”期间也好，改革开放初期也好，厕所文化的一个显著标志就是“群氓大涂鸦”，经常就涂这么一句响亮的话语——谁谁谁是我儿，或者我是谁谁谁他爸！这也直接派生了王朔的《我是你爸爸》这样著名而彪悍的话语。现在看我这篇文章年轻一点儿的网友，你的父辈在那个时代基本都曾在厕所中写过这些字儿，不信你就像姜文说的那样——回家问你爸去！

后来，社会转型了，这样直眉瞪眼比较糙的话语在厕所中绝迹了，改为稍具理性、略带婉转的发泄了，当然，还是糙！1997年，我在三里屯北街50号的白房子阿尔卑斯啤酒屋泡吧，走肾时就看见厕所的墙上醒目地用油彩笔写着一个姑娘的芳名，芳名后面是逗号，逗号后面是——我永远铭记你叫床的声音！狠吧？强吧！这只是二十多年前三里屯酒吧街厕所涂鸦的一个缩影，那墙上什么没写呀？但是写的比较情色，属于炮友分手之后且又喝高之际，心碎的一笔。

六九　当年军训很实战

那天我一个刚上导演系大一的妹妹，跑三里屯跟我喝酒，大半年的没见，咋变成黑风煞星了，不会天天跟大太阳底下反思人生吧？妹妹解释道，军训，被军训晒的，再白皙也得成锅底儿。后来上网看90后军训的玉照，没给我乐死！涂指甲、戴戒指、佩耳环、自改军训服，搔首弄姿玩自拍，这哪儿是参加军训呢，分明是作秀呢。

1971年6月，我上小学四年级，参加了一次军训。在那个火红的年代，伟大领袖毛主席振臂一呼——农业学大寨，工业学大庆，全国人民学习解放军！学习工农兵就成为我们的必修课。那时候正赶上复课闹革命，不是妇科闹革命，我们在家都待野了，整天社会上乱窜，老师好不容易挨家挨户把我们集合到学校，开始复课。但在知识越多越反动的年代，我们宁可当无产阶级的文盲，也不学资产阶级的知识。这时候，全国人民学习解放军已掀起了高潮，所以，学校赶紧组织我们军训。

那时候不叫军训，军训多俗啊，叫野营拉练，充满实战气息。记得那是1971年的6月中旬，天气已经很热，我们夜里12点来学校集合，然后出发急行军。大家基本统一着装，军绿或者藏蓝的战士服，头戴国防绿军帽，这是那个年代的流行色，家里必备。还要求学生打个小背包，我爸年轻时是四野的军人，很利索就给我打了个背包，然后往我的行军壶里灌满了他老人家自酿的清凉饮料，临走还往我兜里塞了两个鸡蛋糕。

夜里12点，我们参加野营拉练的学生集合在学校操场上，时值月明星稀，凉风送爽，同学们互相一看就乐了，大家还都带着杀敌武器呢。因为是实战拉练，指导我们军训的部队教官要求我们必须带上武器，我带的是一杆横扫一切牛鬼蛇神的红缨枪，殷红的穗子在夜风中抖擞飞扬。有的同学带着自制的三八大盖、玩具转轮冲锋枪、用木头削出的勃朗宁手枪、体育比赛用的手榴弹。有一个男生左手链子枪、右手渍水枪，俨然双枪李向阳。还有一个女生，真没啥可以武装自己的了，索性就带了一把铅笔刀，号称也能杀敌。果然，在她上中学之后，就在夜晚用铅笔刀喝退了一个拦路强奸之徒。

我们是小学四年级三班，军队的教导员跟我们说，咱们这个班，今晚实战演习的目的，就是要端掉鬼子的炮楼。我们一听就兴奋了，打鬼子呀，多来劲呀！的确，那是一个全民皆兵的时代，人们的脑海中，不仅要绷紧阶级斗争这根弦，更要随时绷住爆发第三次世界大战这根弦！

备战备荒为人民，提高警惕，保卫祖国，深挖洞，广积粮，不称霸，但是要准备打仗！这是伟大领袖毛主席号召我们的——军民团结如一人，试看天下谁能敌！美帝苏修还真不敢大举进犯我国的神圣领土，就怕7亿中国人民跟他们丫的同归于尽。

亿万人民亿万兵，万里江山万里营。我们这支小学四年级的小分队，就像敌后武工队，向着日寇的炮楼插了过去。我们那时才十岁出头，伸手不见五指的黑夜，就开始急行军，背包、行军壶、手中自制的武器，军帽上还用柳条箍一个圈儿，柳叶遮着，就跟真的一样，摸鬼子的岗楼去了。

不一会，女生就开始抱怨了，蚊虫叮咬先找女人，有一个女生竟然被蚂蟥蛰着了，大叫不止。部队教导员赶紧上来制止——嘘，别暴露目标，前面就是鬼子的巡逻兵。我们男生赶紧安慰这个女生——轻伤不下火线，重伤不哭，为了把日本侵略者早日赶出中国，甭说被蚂蟥蛰了，就是被蛇咬了，也得坚持到抗战结束。教导员还给我们的行军拉练增加难度，抽不冷喊一声——卧倒，隐蔽，前面有鬼子。于是我们七荤八素，不管地上是水是泥、是草是刺，立马就卧倒，准确地说是趴下。

终于摸到鬼子炮楼跟前了，其实就是一农村的厕所，教导员问我们：同学们，谁把鬼子的炮楼炸掉？我赶紧说：我是共产党员，我上！后面一帮人响应着——我是共青团员，我上！我是少先队员，我上！我是妇救会干部，我上！我是铁道游击队，我上！我是平原游击队，我上！我是敌后武工队，我上！我是狼牙山五壮士，我上！我是烈火金刚，我上！我是八女投江，我上！恰在这时，一个老农打着手电棒出来撒尿，教导员闷声喝道——探照灯，卧倒！

于是我们这些勇敢的少先队员，跟着部队教导员一齐卧倒，教导员突然惨叫一声——妈的，老子卧牛粪上了！

七〇　遥想面的当年

1998年的富康快要下岗了，去年夏天，北京闪电般淘汰了夏利，而二十世纪九十年代扫遍北京大街的面的，早已尘埃面定。昔人已乘面的去，此地空余零配件，昔人一去不复返，面的拒载空悠悠。

北京不面，但北京的路面已被面的玩出了感觉。

统一面、非常面，不如微面黄面。

如果你的生命注定无法停止追逐，那么你就跟着面的走。

跟着面的走，10块钱走很久，目的越来越近，公里9.9。

多少次回回头看看走过的路，那都是面的扫出来的。

面的扫过长安街，面的疾驰东三环，面的杀向京津塘高速，面的急了连机场都去，只要你掏个5块回程过路费。

在燕莎、在赛特、在国贸、在百盛、在北京站、在方庄，面的无孔不入。在顺义、在丰台、在石景山、在八达岭，面的也绝不让自己空驶。

时间就是金钱，空驶就是浪费。宁可独守空床，也别空驶没活。

是趴、是粘、是切、是扫、是侃价、是撮堆，面的至少八般武艺。当你陷入人民面的的汪洋大海之中，绝不让你成为漏网之鱼。

一张把你送到，两张让你来个往返，三张你就直穿北京，等候低速不加钱，堵车它就钻胡同。

柳州叫柳面，昌河叫昌面，吉林叫吉面，长安叫长面，大发叫发面，松花江叫松面。要什么面有什么面，想啥时面就啥时面，柳面昌面吉面长面发面松面六大面的，让你的人生六面豪歌。项羽不过才四面楚歌，还是不够面。

切一道发面，撮一碗加州牛肉面，跟女孩说声讨厌不吃炒面，唱一曲特别的爱给特别的面，分手时追问对方一句明天你是否依然还面？

于是，1994年凯宾斯基饭店对面，聚集着很多面的司机吃面，那面馆就叫——这条街我最面！

七一　满城尽是抠机响

BB机、呼机，最后落在抠机上，也就完成了“十年抠机史”的传呼使命。九十年代一度满街尽是抠机响，以为到了野地，跟蛐蛐打成一片。报社开选题会，一帮抠机在会议室的环形会议桌上乱叫，领导烦了，命令全部改震动，结果一群抠机又在桌上震得跟蛐蛐似的乱掐。

1992年巴塞罗那奥运会，中国体育健儿勇夺16枚金牌，一扫兵败汉城之耻。为此，报社特意让我开了一个“零点抠机”栏目，以便跟体育迷们互动，从而报道广大读者对奥运会的切身感受。

奥运结束之后，“奥运零点抠机”自然向“人生零点抠机”转型，那年代跟我在午夜零点聊人生的，主要是北京各呼台的小姐，那时候小姐这词儿还没什么负面含义，搁现在得改叫呼台讯息员。当时的呼台女讯息员，是我接触的最早那拨70后，以北京姑娘居多，夹杂着一些属于北漂先驱的外地女孩。

九十年代初，满城尽是周华健的《让我欢喜让我忧》，我跟呼台小姐便在“给我关怀为我解忧”的后顾之忧中，让人生平添许多愁。随着社会的转型，思潮的嬗变，最早的70一代已开始多少次回回头看看走过的路，怎么走过那么多天涯路，还落不到地面上？所以午夜时分，她们特需要跟人聊天，我的午夜抠机便在这时尖锐响起，刺破北京长夜的寂静。

我经常跟她们说：什么叫无聊，无人聊天就叫无聊，所以咱俩不能吃冰棍拉冰棍——没化（话）。我还用流行一时的美剧《夜莺热线》中男主播的那句名言劝导她们：你不是独守空床，那床上还有你。

记得在抠机时代，号码也象征着身份，126是“款机”，一般早期那拨大款都用过这个台，后来一帮文艺界大腕都用127，好像是由126升格的精华台，127自然就被称为“腕机”。64666666，这个呼台也比较著名，一般都是小蜜们使用，所以叫“蜜机”。后来，191台出现了，几乎成为中国早期白领们的专用台，也有一些那个年代的新闻名记使用。抠机很快从数字机，升华为汉显机，可有一段，北京不少“夏利汉显希尔佐丹奴”，冒充是时尚，号称小白领。

到了二十世纪末，手机逐渐兴起，抠机日渐衰落，出现了一段双机并存的短暂时光。后来又杀出商务通，经常能见一主儿，双机一通，格外拉风。这还不算，腰眼儿上别着双机双套，抠机套、手机套，看着像是假冒伪劣的沙驰款爷包的小夹层里，还藏着一片避孕套。带着三套去歌厅，准唱《三套车》，假装小时候被苏联老大哥指点过。

七二　人生若只方便面

肉涨了，奶涨了，面涨了，貌似蛋早涨了。只要醋不涨就成，我三天一瓶醋，不许涨。因为我外表粗糙，内心细腻，内心一旦细腻，必吃醋无疑。

这么和蔼可亲的方便面，都耐不住性子，跟着起哄涨价，就跟最朴素的人生，也奔骄奢而去了。下一个涨价的我怀疑，就是调料，包括酱豆腐。咋就不把鲍鱼鱼翅涨到天上去呢，这东西我又不爱吃？就把方便面降到地上来，这东西我瞅着就亲切。

当体育记者那阵儿，出国采访必带方便面，实际上就为了鸡贼省钱。中国的方便面，伴随着中国记者的脚步，煮遍了五大洲四大洋。1998年去日本采访世界杯排球赛，带了一堆方便面，最后剩下不少留给了旅店老板。在东京一待就是十来天，那天遛达到超市，买了一碗日本方便面，吃完了我就喜新厌了旧，日本的方便面确实比咱的好吃，这也是我后来特爱吃日清的原因。

1997年，中国足球队在伦敦备战法国世界杯外围赛十强战，我去采访之前，问那英需要给高峰捎点儿什么不。那英说，高峰最爱吃满汉全席方便面，大碗的那种。当时北京有没有我忘了，后来我在深圳沃尔玛开业酬宾期间，终于见到这种方便面，8块钱一碗，大块牛肉后面一堆山珍海味的跟屁虫，这应该是方便面的极致，方便面的史诗。后来在北京，我再也没见着这种史诗般的方便面。

在斯德哥尔摩、在罗马、在伦敦、在洛杉矶、在开罗、在贝鲁特，我肩负着祖国的方便面，在转换插座接通的搪瓷饭盆中，一次次把方便面煮开，在醋、辣椒酱、榨菜、鸡蛋、西红柿、香肠的混杂中，撮光了一碗又一碗。1994年，我进入燕莎凯宾斯基饭店报道美国世界杯时，燕莎这条街上赫然有一块面馆的招牌激人眼帘——这条街谁最面？这条街我最面！所以，老吃方便面的人，就会在方便面中越来越面，你不面谁面？

1998年，我在三里屯酒吧和方便面食品中实施减肥，听着都奇怪吧？其实很靠谱。我每天只吃一顿饭，晚上六点煮一碗康师傅或统一方便面，香辣牛肉的那种，吃半碗倒半碗，然后从晚6点半睡到9点半，10点直杀三里屯，就在三里屯干一通宵了。在1998年岁末的两个月中，我方便面三里屯，三里屯方便面，体重从165斤减到148，可以了吧。我一天方便面，一夜三里屯，穿插着跟女孩聊人生，脂肪自动消除，灵魂自然上升……

七三　把人生端起来

把酒杯端起来的时候，把人生摔在地上，进入酒之后，人基本上不端了。喝着酒还端着，这样的人比较瘆得慌，城府太深，心事很重，活得骚紧，过得复杂。

古人讲究摔杯为号，刀斧手隐匿两厢，老大一个号令，喽啰便杀将出来，砍翻对手。本来嘘寒问暖、推杯换盏的酒席，酒杯一摔，立马成干戈之地，可见古人也觉得老端着不是个事儿，那就摔杯翻脸吧！

老端着不是回事儿，可不端着也不行。早年人给介绍对象，见第一面必须端着，跟对象先聊工作，次聊学习，再聊各自家庭，就是不敢直奔主题。偶尔摸下对方，也是趁人家不小心被坎坷之路绊了一下，将摔之际我扶之，想要肌肤之亲还得盼着对方再摔倒，最好摔得鼻青脸肿，然后我正色说道：有我在旁边，你不会失足，多摔几回都没事儿。记得有回跟一个对象混熟了，去她家见丈母娘和老丈杆子，老丈杆子开了瓶“四特”说：我们家人都能喝酒，你要不能喝，就不是一家人，你能喝吗？我说：一般般。老丈杆子说：一般就行了，再来一个般就是废话了。

我说：是，我酒量一般。老丈杆子问：一般是多少？我说：二两。二两过后，我声色正常，老丈杆子说：看来你还能喝，再续二两咋样？我说：我真不能喝，再喝就……老丈杆子说：喝多了就睡这儿。我心想：再喝，倒的就是您了。续上二两之后，瓶里还存着二两，我怎么看怎么觉着多余，就跟老丈杆子建议：把福根儿也续上吧。老丈杆子说：这怎么是福根儿，这是二两酒啊！我说：在我们大山子，二两就叫福根儿。

我跟老丈杆子对撅了半斤“四特”，瞟了一眼他家的酒柜：还有酒吗？老丈杆子一愣：你不说只有二两酒吗，这都半斤了，还喝？我说：我本来只能喝二两，可是一跟您喝，就收不住了，谁让您是我女朋友她爸的？媳妇，来，给咱爸续上。

老丈杆子蒙瞪了：这才刚认识多久，就媳妇了，就咱爸了？我说：速度是快了点儿，要不，甭咱爸了，直接——爸！爸，您续上……

后来，我对象说：我爸不喜欢你，说我闺女不能嫁一酒鬼。我急了：是你爸让我喝的，我能不给你爸面子吗？我要不给你爸面子，你爸能让你跟我吗？对象说：就算你给我爸面子，我爸也不让我跟你！

我真欲哭无泪，欲泪不流，欲流不畅。我还不如端着不喝呢，可她爸不让我端着，端杯就干，结果浪费了酒量赔上了对象。

人生能不端着吗？你不端着，别人端着，然后你又想端着，结果人家把你给端了。

七四　在那个比较缺乏人味儿的年代

少年时代的一切罪过都含有美丽的诗
我到了生理开悟的年龄
比基尼式游泳衣
米红色的月经
盛夏一个炎热的日子
深藏青色的连衣裙
白色的小胸针
不绝如缕的蝉声
加湿器白色的雾气
拨动六弦琴的弦音
那天，我极其自然地
被三浦君办了

这是1982年中国电影出版社出版的山口百惠传记——《苍茫时分》动人而销魂的叙述，这样暧昧而闷骚外加青春无极限的文笔，当时的确打垮了一帮青葱少年和豆蔻少女。当然，原著中“我极其自然地成为女人”被我改成“我极其自然地被三浦君办了”，以突出一个少女灵肉被开启时的鲜明与刺目。

我们这拨人是在1974年“批林批孔”运动、1975年“反击右倾翻案风”、1976年“四五运动”以及唐山大地震组成的怪异年代，进入青春发育期的。在那个比较缺乏人味儿的年代，青春、性、恋爱，基本上都被贴上流氓的标签，如果你不当强奸犯，基本就得靠手淫来解决问题，偷窥女澡堂、女厕所、游泳池女更衣室、剧场影院女换衣间的事儿屡有发生。有些在性方面比较强硬的男女生，一般犯了事儿之后男的是流氓，女的叫破鞋，还得把女的加上一种罪名，叫破鞋烂袜子。当然，也有侥幸办了之后没被联防纠察队发现的，在大野地里、公园小树林里、防空洞里、地下室里、抗震棚里，甚至在大白菜堆的苫布下面胡乱完成了人生启蒙时期的偷情。我的一个写小说的同学，由于太渴望丰满的女生了，一边手淫一边把阿根廷作家奥古斯丁·库塞尼的《中锋在黎明前死去》改写成情色小说，文笔绝对要好于《曼娜回忆录》。

记得美国电影《朱诺》中艾莲·佩奇饰演的十六岁中学生朱诺，就敢随随便便跟一男的怀孕，并且还把孩子生了下来，这要搁我们那年代就彻底歇菜了，判不判刑先单说，学校肯定先把她开除了，她在这条街上再也抬不起头来，不离家出走就得上吊自杀，只能自绝于人民和社会。那男的也跑不了，先开除公职再定流氓罪，除非这女的不招，不招就罪加一等，更恶劣。别以为女的就没流氓之说，当年也有不少女性被判了流氓罪进班房的。

在人生这条长河中，青春年代付出的代价往往最惨重。一些人在青春的时候就倾家荡产了，你说让他以后大半个人生还怎么混？青春期的变数极大，在性行为上更是没谱，所以当初我们看到山口百惠这么优雅这么有情调跟三浦友和优美野合的时候，哇塞！我们全呆了，我们还是个人活在世上吗？

我觉得电影《朱诺》里的这个女中学生，是一位先锋女性，用生育的代价跟社会的伦理抗衡，她已经没必要假模假式上网冲浪搞点儿小儿科的网恋了，直接就在生活的激流里勇敢受孕，所以美国剧评称赞朱诺——今年好莱坞最具影响力的女性，非这个十六岁的怀孕小女孩莫属了，牙尖嘴利的她还混杂了非同一般的成熟和智慧。早熟是女性的巨大财富，女孩越早出来混越能给自己博得丰厚的资源，当然，为了这些有形资源和无形资产也得付出相应的代价。在超速发展的二十一世纪，那些灵魂尖锐、思维迸发、心理强悍的女孩，应该甩开大部队超然前行。

80后已经有离婚的了，80后已经有离婚之后再结的了，80后已经有离婚之后自己抚养孩子的了，80后已经有单身妈妈了，80后甚至有根本没结婚就拥有自己孩子的了。人生无常，瞬间改变，关键看你的定力，你所需为何。朱诺可以作为你人生的参考，如果你们80后觉着婚姻容易转化为痛苦，可以像十六岁的朱诺那样，先选择子宫出击的方式挑战人生，在我们八十年代初的女性当中，就有用怀孕和堕胎来宣告对人生的挑战，当然也很痛苦。而现在，恋爱、婚姻、生育的力量，交给90后了……

七五　荷尔蒙一夜形成

我的发育并不晚，但性意识启蒙得比较晚，在“四人帮”猖獗的年代，人们把性当成一大毒瘤，谁启蒙你呀？没事自己琢磨吧。

1976年7月28日，唐山大地震震荡着整个华北平原。地震的那个夜晚，人们从梦中惊醒，呼啦一下全从家里跑出来，惊悸、战栗，仓皇不定。

楼前的空地上站满了黑压压的人群，被漆黑、荒凉的夜幕压制，没有星，不见月，只有恐惧慌乱的眼神，在黎明前的黑暗中游移。

我身边站着很多大姑娘小媳妇，她们只穿裤衩背心，有的就以文胸示人。她们缩着双肩、抱着双臂，尽量让自己的身体少一点暴露，那白晃晃的肌肤在黑夜中格外扎眼。搁往常，她们就是女流氓，是作风不良的资产阶级坏女人，但此刻，她们是无辜的受惊者，是被自然灾害惊吓的阶级姐妹。

我清楚记得，身旁有一位邻家女孩，已进入旺盛的发育期，上身只着一件文胸，两手紧护胸前，依然难掩波涛汹涌。她垂着头，披头散发，偶尔也抬起头，正好与我对视，我发现她眼中惊骇大于羞涩。忽然之间，她双手抱得累了，垂下放松，一刹那，波谷浪峰，急跃眼中，我忘了地震，满脑子都是苏东坡的诗句：横看成岭侧成峰。在我十六岁的脑海中，这一幕竟挥之不去。啊，我生命中的原始力也在这一刻，不合时宜地凝聚，就是我们常说的那种“内蒙古现象”，在地震的魔力中潜藏。

第二天，又有几次余震，人们在高喊：地震了，快跑啊！穿门绕廊，拐弯抹角，求生的欲望让我们身手矫健。这一天，天阴得像阴谋家的脸，在阴郁的暮色中，各家各户都向野外进发。当时盛行“小道消息”，说今夜震中将从唐山转移到北京，人们怕极了，拿着马扎，揣着细软，逃命去吧。

在一座打谷场，聚集了几百人，末日世界的气氛压抑着人群。下雨了，人们穿上雨衣撑开雨伞，一个小孩奶声奶气喊着童谣：下雨了，结黄瓜，草帽里头扣黄瓜。

雨过天晴，天边拉出一道悦目的彩虹，闷闷的人群开始活跃。有人说：天晴了，今晚不会地震了。已有些人往家走，走的人越来越多，打谷场上，只留下一小撮坚信今晚有地震的孤立分子。

往家走的路上，我遥望彩虹，正是两道“孪生双虹”，壮丽无边。回想那天的逃亡情景，还真有点儿跟F4一起去看流星雨的感觉。但感觉更深的是那个——被地震震慑的胆怯中随意裸露的邻家少女，在黑暗夏夜无意命中了我。

七六　初夜见面，请多关照

八十年代中，跟一个白塔寺女孩谈恋爱，谈着谈着就拉开初夜的一幕。当时，我俩都在学日语，我们用扶桑寒暄的方式，互致温柔乡前夕的问候，将要到达撩衣不觉羞的境界时我一紧张，把“初次见面，请多关照”说成了“初夜见面，请多关照”。

女孩错愕地望着我：你都二十五了，才初夜？我立马蒙了：难道你二十一就不初夜了吗？女孩默然，好好的初夜一下就僵了。

我闷着，抽根儿“春城”，白塔寺女孩说：给我根儿烟。我们对抽着，就差对抽了。女孩终于开口：初夜那么重要吗？你那么看重那层膜吗？我说：有当然好，没有也没办法。女孩说：我没有。我说：我是不太在乎，但我们家老头老太太要问我怎么办？女孩说：咱俩好咱俩做，跟他们有啥关系？我说：我怕他们把你看轻了。女孩说：我这层膜就是为一个男人预备的，谁让你没赶上！我说：是呀，我怎么没赶上，我当时干吗去了？女孩说：我哪知道你干吗去了？你没赶上我你赶上别人了吧！

初夜，在二十一世纪已是一个落伍的词儿了，但在二十世纪八十年代绝对是个关键词。从性角度来说，女人比男人更在意。因为从伦理道德来讲，初夜与处女膜，曾顽强左右着中国妇女的身体防线，就算你再国色天香，也必须面对跟一个男人的处子演出。相比而言，男人的初夜要比女人轻率，女人的初夜基本上是不堪的。

在九十年代，一个女孩对我说，她第一次把自己送出去的时候，感觉天崩地裂，世界末日。但是另一个女孩截然相反，她在一种麻木的状态下完成了初夜，然后反问自己，为何青春将逝才放弃坚守阵地？

如今，一夜情泛滥的时候，初夜情已无退路。我真的很怀念那些初夜或疑似初夜的年华。那时候，两个人动的是真的。现在，器官上动的是真的，内心中很可能玩假的。

正是：旧情东去，尘淘尽，多少风流韵事。陋室残灯，有道是，当年禁果偷食。爱河惊梦，情涛裂身，卷起几滴血。青春如画，一时良缘错结。遥想初夜当年，小女送怀抱，声声凄切。红巾翠袖，挥手间，初恋早已湮灭。神游熟张，多情应灭我，只剩悲歌。苍天掩面，人间已无风月。

七七　面朝后海，情窦初开

1978年的五一国际劳动节，风和日丽，春意盎然中已送来阵阵夏意。北海公园“文革”以后首次对民众开放，于是一些时髦青年穿着喇叭裤、留着大背头或烫着大波浪，提着双卡录音机，录音机播放着“一君双飞”——邓丽君、凤飞飞、欧阳菲菲的流行歌曲，那时还管这个叫“资产阶级的靡靡之音”。

北海的大门一旦打开，什刹海也随之热闹起来，北海什刹海一带，顿时成为中国青年男女拍婆子搞对象的自由市场，随处可闻邓丽君的拍拖小调——他们拍拖，手拉手情话说不完，卿卿我我情意绵绵，写下一首爱的诗篇……面朝后海，情窦初开的时候到了，被十年“文革”封闭的情爱，像拨乱反正、改革开放一样来得迅疾，也比“山楂树之恋”来得浓情似火。

那年头，很少说后海，而说什刹海，这里冬天滑野冰、夏天游野泳，夜幕低垂，柳丝飘拂，密叶深处是幽会的天然场所。但一定要记住，那时候是有“流氓罪”一说的，若被联防大妈或工人纠察队抓个现行，再提裤子就来不及了，赌等着被劳教吧，至少也得上个学习班端正生活作风。

时光推进到二十一世纪，2003年6月，“非典”刚过，被压抑了一个多月的北京青年全都奔向后海，彻夜喝光了后海酒吧所有的酒。从此，后海成为三里屯、朝阳公园之后，北京第三个泡吧基地，一夜之间被无数文艺青年攻占。特别是70末80初的文艺女青年，她们青葱的岁月、亭亭玉立的时光都交给了后海。

烟袋斜街有三家文青酒吧，“莲花”“藕”和“香草”。在“莲花”你能体会到“此生步步生莲花”，在“藕”你能体会到“红藕香残玉簟秋”，在“香草”你能体会到“天涯何处无香草”。然后，你走过烟袋斜街，直下银锭桥，先上一高台阶，进到白沨的“无名酒吧”，喝一杯英国传统的纽卡素棕苦啤酒，再步入后海酒吧街尽头的“左岸”，一屁股坐在宽大舒适的沙发上，跟“巍特”说：双份“詹姆森”，在爱尔兰调和威士忌的清幽气息中，你也该回家洗洗睡了。不过，在回家洗洗睡之前，肯定饿，那就在银锭桥与烟袋斜街的交会处，啃几根鸭脖子吧。

想起2003年的6月2日，星期一，我开始上班，因“非典”停摆的人生开始启动，在北京临诊和死例出现双零之后，我杀向夜生活。

我选择了后海，后海是一望有际的海，我面朝后海心暖花开，朵朵白云一字排开，我把酒瓶打开，顺便约你出来。

从银锭湖，我走向烟袋斜街，斜街的明月已倾斜。道路很窄，两边的房屋低矮，但我豪迈，豪迈却徒生感慨。我问你今夜会不会来？因为有一段心事需要剪裁。

从“香草”到“莲花”，从“莲花”到“藕”，烟袋斜街三处酒吧，有三种不同的落花。

在电话里，在短信里，在帖子里，在后海的风里，在我擅长的句式里，在你故作的沉吟里。这城市满地的纸屑，风一刮像你的妩媚。你说：我的妩媚跟纸屑无关。我说：不是一般的纸屑，是铂金纸屑。何况，人生如同纸屑，虽然我们不屑，但生命总得凋谢。

动力火车曾沿忠孝东路走九遍，我沿烟袋斜街走九遍，就为体验那种擦肩而过的心碎。结果，擦肩而过的不是心碎，而是肝碎。一个老心碎的人，已转移到肝上了。

然后我把《忠孝东路走九遍》改成了《烟袋斜街走九遍》，以纪念我那擦肩而过的心碎——

这城市刚扛过非典，憋在家想你的情感，坐在莲花盛开的时间，回忆着你隔离前的容颜。天黑了人们涌向海，走向你回头的岸边，把你的手心握到出汗，心凉得打冷战。嘴，喝到的每一杯酒都十分难咽，心，激起的每次跳动都与你有关。啊，烟袋斜街走九遍，胳膊上有着供你枕靠的臂弯。我把花好月圆，变成九州方圆，我多想跟你喝到晓风残月杨柳岸。啊，烟袋斜街走九遍，每一遍都在狼狈中求释然。有人指点江山，有人谈论红颜，谁都有过鸡飞蛋打的体验。

七八　青色的是静寂

青色的是静寂，潮湿的是光，六月颤动如蝴蝶。1988年的六月，不仅颤动如蝴蝶，而且洁净如新月。

一个北大历史系的女孩正跟我学写诗，我给她读美国幻象大师华莱士·史蒂文斯的《弹蓝色吉他的人》——

那人俯身
调校吉他琴弦
日子青郁
那是生命
真实的事物
在蓝色吉他上行进

我们都特别喜欢日子青郁，我告诉她：青郁，就是青春加忧郁。所以，我们在青郁的日子里，相约日月和岁月。

一开始，我骗她，把“日子青郁”说成“日子情欲”，诗吗，怎么写都行，她也乐意接受。可她到我家发现了史蒂文斯的原创是“日子青郁”，便骂我下流。我说：下流的人，才会渴望上流社会。

在1988年蝴蝶的6月，我们老去颐和园玉带桥一带讨论诗歌。她喜欢穿一件白裙子，坐在草地上，读着莫泊桑的《温泉》——后来她慢慢地给自己宽衣裳了，一面望着微波在那个清浅的浴池里的几乎看不见的活动。等到自己是赤裸裸的时候，她一只脚踏到了水里，于是一种温暖的美感升到了她的脖子边；随后她向温水里先浸没了一条腿，跟着再浸另一条，于是她坐在那种温暖里，坐在那种柔和里，坐在那种透明的浴池里，坐在那种绕着四周在她身上流动的温泉里，泉水在她身上，在整整的两条腿上，整整的两条胳膊上以及胸脯上，盖着好些的小气泡儿……

在北大女孩对世界名著的执意追求中，一股淡雅和谐的性感照耀着她，六月颤动如蝴蝶，我还没来得及颤动，她已蝴蝶般纷飞。玉带桥，又叫罗锅桥，能在北大女生的素衣白裙旁边遨游世界名著，我纵然罗锅儿趴铁道——死也直（值）了。她对我说：仙儿，你真有才，晚上请你吃饭，请你喝你最爱喝的“汗泥根”。我说：受人滴酒之恩，当文思泉涌相报。

若干年后，北大女孩已成为海淀富婆，忽然之间，请我去前海“孔乙己”。在“孔乙己”庭院中，新月弯弯，她的画眉亦弯弯，我的心情九曲十八弯，仿佛回到了南泥湾，可还是买不起星河湾。她说：我要上你们报的房地产。我说：不用上我们报，你上我就行了，上我之后，根本不搭理房地产，直接奔妇产。她说：下流，你还想下流芳百世？我说：一江春水向东流氓，不废江河万古流芳，山外青山楼外楼盘，西湖歌舞几时休克？我妹，你的楼盘就是我的下盘，我的版面就是你的脸面。说吧，怎么搞？我写稿！鸿宾楼倚红红，翠华楼偎翠，倚红偎翠之间，沧海我让它竖流！

从前海来到后海，在烟袋斜街她问我：这条街怎那么斜呀？我说：因为来这条街的人，邪念太多！

七九　写在餐巾纸上

2月14日是情人节，对那些情色男女来说，意义早已超过同期而至的元宵节。而对我这个生于五十年代的老男人来说，情人节几乎心若止水。不过，有时为了逃避在“红玫烛晚”与媳妇左手摸右手的尴尬，我也冷不丁冲一把2月13日，看看风花雪月的场合，有没有心碎的浪漫，结果没见到任何浪漫，却把媳妇怠慢。一些有想法的已婚男人，都身不由己把情人节提前了一天，2月13日找情人，2月14日陪媳妇，连续两宿在情感时空中遨游，就是为了防止人生大穿帮。

情人节不能不谈性，我属于初恋时不懂爱情又不懂性的一代，只模糊感觉男人跟女人不一样，我爸跟我妈不是一种人，他们用性的结晶打造了我。记得上中学的时候，在生理卫生课上，我们班的男生和女生都对着男女生殖器的横剖图与纵剖图发呆，老师也将关键部位一带而过，甚至忽略不计，急得一个长得有点儿像破鞋的女生直问我：什么叫“宰丸”？我又不敢矫正她，害怕被说成流氓，后来我们都管这个女生叫“宰丸”。

到了1977年的夏天，我们班早熟的女生搂不住开始发育了，乳房像两只受惊的鸽子在我面前隔着“的确良衬衫”晃来晃去，我突然有了一种“春潮带雨晚来急，野渡无人舟自横”的内蒙古般的感觉，在这样的意境中淡淡地遗精……

D.H.劳伦斯说，如果说直觉是叶、美是花，那么性就是根，一个二十岁的女人之所以可爱，是因为性轻轻升起在她的脸庞。在我二十岁到工厂流水线当装配工的时候，一个比我大四岁的女工，以她幽深的凤眼和强力的胸脯在昏暗的车间高扬性感的战旗，每当与她对视，我就知道苏东坡为什么能写出“乱石崩云，惊涛裂岸”来了，他要是写不出，此情此景中的我也能写出。

在八十年代末九十年代初，为了追北大一个娟秀的女生，我效仿聂鲁达狂写十四行情诗。在某个情人节之夜，我喷着“二锅头”的酒气将一首情诗写在饭馆的餐巾纸上，然后纵贯十里长街，把餐巾纸上的情诗铺在她蓝色腈纶裤的双膝上，并高声宣读——为爱而来的人们，为了被接受而焦灼，为了闷死在心中的欲望而呼吸；为了你，而给，为了停止在情人的眼里，而战死……

八〇　女文青与男文中

文艺青年——这一概念发展到现在好像贬值了，没过去好玩了，小清新把文青的气质带得有些不着四六。

我喜欢八十年代末九十年代初灿烂的“文青时代”，那时还没有文艺腔，只有一腔文艺血。全国文青基本上是在朦胧诗的影响力中，让文学和诗歌的热血流进青春的血脉。

看到春树给狗子写的一首诗，眼前一亮再亮，消逝已久的文青气又杀回来了。春树为文青树立了榜样，她在诗中毒辣地写道——我也带着一副牛逼烘烘的样子，来和你讨论诗歌和人际关系，脸上皱纹没你多，我也要变成一个老逼了。

春树的劲儿让我想起八十年代，那时我们也是文青，我们怵谁呀？那时我们出口成章，外加妙语连珠，那时我们“二锅”一撅就“碴诗”一宿。那时在圆明园或八一湖，那些喝得烂醉的日子，西班牙“谣曲诗人”洛尔加的诗歌从我们嘴里脱口而出——在远方，大海笑盈盈，浪是牙齿，天是嘴唇。

那时我们面孔粗糙，眼睛红肿，心灵轻灵，灵魂夺魂，身边不乏美丽女文青，不乏致命女愤青，不乏把青春献给诗人的良家少女。

那时我认识了一位北大长发女文青，用一串诗歌的组合拳向她击来——风孤零零的，海很遥远，睡吧，风。风，睡在我们的手掌中，夜，把往事收进瓷瓶，梦，在波浪般的头发中，喧响！

后来，她跟我说，你真会把北岛的几首诗串起来蒙人。

到了“非典”的时候，我学会了上网聊天，才发现再不上网真要落伍了。我在网上结交了一帮文艺女青年，她们把我这个文学男中年带回文青时代。在那个时代，我跟她们一样，离开诗词歌赋就活不了，不合辙押韵就不会说话。

在网上冲浪，身边总溅起几朵文学的浪花，眼前飘浮着诗歌的祥云，思维盛开着艺术的奇葩，那充满青春辞采的文青时代，正把我这个文中召唤。

一个幽凉的雨夜，一位被封闭在校园的女生跟我碴诗：当水洼里破碎的夜晚，摇着一片新叶，像摇着自己的孩子睡去。这不正撞我强项上吗？我奋起狂跟：当灯光串起雨滴，缀饰在你的肩头，闪着光，又滚落在地。

女孩灵异的手指从北岛切到顾城：请打开窗子，抚摸飘舞的秋风，夏日像一杯浓茶，此时已澄清。我赶紧接上：再没有噩梦，没有蜷缩的影子，我的呼吸是云朵，愿望是歌声。

诗歌在我们的传递中如此生动，女生单敲出一句顾城：只要闭上眼睛。我反应已不能再快：就能找到嘴唇。女生问：原创行吗？我答：没问题，来。女生敲出一行：在时针的箭上，我被射向明天。我紧跟：在眼角的皱纹里，把光阴磨炼。

跟女大学生网上碴诗令我陷入诗意的狂喜。记得1986年夏天，我跟一个纺织厂的青年女工谈恋爱，徜徉北海公园，突然乌云密布，狂风大作，她说：要下雨了，咱家走吧。我说：没事儿，低低的乌云用潮湿的手掌，揉着你的头发，揉进花的芳香和我滚烫的呼吸。

经过一段在网上重温文青时代，我这个没谱中年迅速向文学中年的境界推进。如今，结束每夜的网聊时，我已不说88了，那太俗了，而是用诗歌来跟女文青道别——我醉欲眠卿且去，明朝有意抱琴来；女文青则回答——二十四桥明月夜，玉人何处教吹箫？

八一　新派良家妇女

二十一世纪的床前明月光，照耀着死去的梅艳芳，也照耀着良家妇女的小心房。一枝红杏不出墙，因为巫山云雨没断肠，就算巫山云雨枉断肠，再吃一道溜肥肠，不也化解成原样？你用着美白莹亮保湿霜，烟袋斜街倚新妆。

床前明月光，疑是护肤霜，举头望明月，低头谁结账？二十一世纪的良家妇女是不是一种奢望？是不是把不良当成一种倾向？否！虽然小姑居处本无郎，但是一片冰心锁空床。那不是空床，那床上毕竟还有你，没有星星的夜里，你用泪光吸引自己。

虽然中国足球已成为没谱的不良资产，但良家妇女绝对是可靠的无形资产，国有企业正与中国足球迅速剥离，而良家妇女期待着与新好男人绚烂组合。在0度0时的北京夜晚，良家妇女的手为什么如此冰凉？因为她们太善良，善良到让自己失去抵抗。她们的手刚刚在寒风中被无耻男人拒绝，刚刚握完一个分手男人的手，然后想跟朋友喝点儿酒。

幸亏跟一个无耻男人分手，要不这一生会多么可耻。

其实，很多良家妇女也出没于夜色中，因为独守空床太冷寂，她们需要在缤纷夜生活中寻找人气，一位内省的北漂女子曾经写下“淡淡的北京我的氧”如此超拔的话语，她们太需要夜晚氧气的支持了，哪怕这氧气中含有酒精和烟草，那也属于可吸入颗粒物，总比排放的尾气强。

不要以为良家妇女于星夜出行就想出轨，美好的女人应该给夜晚留下良好的印象，因为夜晚是抒写灵魂的时刻。除了自己的媳妇之外，没有哪个男人愿跟朝九晚五的女人交往，朝九晚五的女人是良家妇女，而夜战江湖的女人很多也温良恭俭让。我必须提醒男人一句——假如朝九晚五的女人选择正午时分出次轨，你防得住吗？

如今，良家妇女似乎成为一个弱势群体，贤妻良母正成为濒临灭绝的种族，无数的女人正在思考同一个话题：我可以嫁给一个男人，但不能属于一个男人。所以，良家妇女也在与时俱进，别逮个男人就过一辈子。

月儿弯弯，人生在月儿弯弯的时候不妨拐个弯。新月弯弯，新月不弯的时候有人在怨。良家妇女也有很多幽怨，新派良家妇女，更是CBD明月CEO关，东风无力身心残，但愿人长久酒酣，今夕TM爱何年！

八二　女权悠扬

一提起女魔头，我就想起武侠，这回电影《穿PRADA的女魔头》也弄出一响当当的女魔头，叫米兰达·普莱斯丽，是我昔日大偶梅丽尔·斯特里普演的。记得张弛曾管斯特里普叫“思特离普”，这回斯特里普果然用离谱而悍勇的风度，让国际时尚潮流在她女权主义的石榴裙下，奔腾而过。

八十年代看诸葛青云武侠小说《铁板铜琶》，有一叫宇文洁的武林女魔头，号称“三绝道姑”，哪三绝：暗器、轻功、床上活！于是我便对女魔头有了好感。其实中国古代早就有了掌握国家大权的女魔头武则天，当然后来的慈禧也算，武则天那才叫地道的女权主义呢，骆宾王为徐敬业讨伐她时慷慨陈词也不免慑于其艳质的威严——入门见嫉，蛾眉不肯让人；掩袖工谗，狐媚偏能惑主。而今，《穿PRADA的女魔头》又让一位女魔头震撼登场，再次引发了女权主义与男权世界的交锋。

一说到女权，我首先想起女拳，年轻时谈恋爱，经常被女朋友用小拳头捶，不是现在洗浴中心按摩时那种捶法。那时候打是亲，骂是爱，不打不骂是混蛋！被女朋友打骂，家常便饭。女孩打你时，总爱说：我捶你！我就是被曾经谈过的N多女朋友锤炼成现在这副傲骨的。

1979年，我在798干临时工，车间里有很多初中毕业就当工人的十六七岁女青年，巨能练白酒，还划一手好拳。下班之后，我们经常在大山子附近的清真小馆，羊头肉加通州老窖，划起四季财财四季的北京拳。我当时不会划拳，我的拳是后来跟圆明园酒鬼黑大春学的，但当时我已比较能喝，就跟一旁起哄架秧子。划拳是一拳定输赢，输者一口干八钱白的边儿待着去，赢者继续打下一位，如果打遍通关无敌手，每人就要再干八钱，因为当时饭馆常用的白酒杯都是八钱杯。我们中间有位十九岁女工，身高1米72，盘儿亮条儿顺，号称“拳母”——划拳界的航空母舰，当时我一直以为航空母舰是由女舵手掌舵，所以才叫“母舰”。“拳母”一个通关直打到我这儿，我是最后一道防线，她知道我不会划拳，就掏出一张1毛的人民币，让我猜尾号是单是双，还没有配偶的我，义不容辞猜双，结果那一毛钱的尾号是个1。

后来，我投身文化潮流时，脑海里一闪现“女权”这个词，就想起昔日798这位“拳母”，她也算得上是一位刚劲的“女拳主义者”。所以，北京应该是中国女权主义的圣地，像李银河、戴锦华、崔卫平、刘索拉、洪晃这五大女权主义高手，经常叱咤一把京华烟云。还经常把男人帮听出女权世界，勒令他们对女权“无权动”！所以，我觉得“无权动”比“无穷动”更加霸道，更具有女权主义的辛辣。

在我的印象中，最先把女权主义介绍到中国的，应该是社科院外文所英美文学研究员朱虹，她在二十世纪八十年代大量翻译了美国女权主义的文论。而有一本由张京媛主编的《当代女性主义文学批评》不可不看，这应该是国内出版的第一本西方女权主义批评文集。英国女权主义大师弗吉尼亚·伍尔夫曾把妇女称作“房间里的天使”。这些“天使”由于经济上对男性的依赖，造成了生活与精神对男性的双重谄媚，她们自觉接受了男人强加给她们的低人一等的观念，形成一种阻碍自身创造力的“反面本能”，这是女性自卑心理的一种体现。因而“杀死房间里的天使”就成了女性作家的当务之急，妇女只有闯出自己的道路才能写出出色的作品。

然而，我对女权粗浅的认识，首先来自观赏一个风华少女的划拳，然后上升到文化的境界。修长的手指在大山子昏暗简陋的羊杂小馆中舞动，女孩的语速、拳锋、反应、挑战都不逊于男人，在凛冽霸道中夹杂着娇嗔和妩媚。一眼斜睨男人，一手飞扬酒盅，香肩一耸，英姿尽暴，蛮腰一挫，时光顿逝……

加拿大女诗人玛格丽特·阿特伍德在规范具有女权风格的衣饰时说：内心与才华优越的女人身体上当有以下配件——吊袜束腰带、背心式内衣、衬垫、胸罩、胃托、无袖宽内衣、处女区、细高跟、鼻环、面纱、小山羊皮手套、网眼袜、三角式披肩、束发带、快乐寡妇紧身衣、珍珠项链、无边平顶帽、手镯、长柄望远镜、羽毛围巾、纯黑眼影、带梳妆镜的粉饼盒、带朴素镶边的连身衣、名牌晨衣、法兰绒睡衣、床和大脑。

有时候，女权主义就是一种贵族美，她们要有一定的财富来担负自己的物质和气质，物质和气质缺一不可，否则女人就没有质地。女人从独立女性发展成为女魔头，其女权主义的进程也就算基本完成。

女权主义，说白了就像一款内衣，环绕着女人最奔放的部位。记得我跟媳妇第一次逛街，去西单中友百货，媳妇看上了一款“戴安芬”。她觉得应该我买单，但我当时犯了一下鸡贼，心想跟你刚认识，以后怎么着还单说呢，就假装要走肾，闪了。媳妇比较刚烈，掏钱就给自己买了单，可心想北京男人怎么这操性呀？后来我给她解释，我以前不这样，被生活磨炼成这样了，真对不起你，我修行不好，百炼没成钢，成这操性了！

八三　为指向你我的手指不再弯曲

南下的火车飞驰金陵，烟花三月已过，梅子黄时雨将临。

1987年的暮春五月，我与女友阿珍携手向南，为见秦淮一时明月。

京沪线人满为患，我们坐在硬板儿上，硬座车厢乌泱泱的人，见缝都得塞进只脚，这时候你就会想，怎么不早点儿计划生育呀？这么多人都要去哪儿？南京，上海，至于吗？又不是我们都去海拉尔。

火车快到泰安时，我走了趟肾，趁我走肾的工夫，坐在我们对面的山东大姐警告阿珍，说我不像个好人。当时我流长发，蓄胡子，穿花格衬衫，的确不像好人，但也不是坏人呀。阿珍还真维护我，说警察还没把他当坏人呢，您操什么心？山东大姐说：一个好人干吗这种打扮呀？阿珍说：他是写诗的，现在写诗的都这种打扮。山东大姐说：我怕他害了你，把你给拐了，卖了。阿珍说：我长这么大，一直想被拐一次、卖一次。山东大姐直着急：你们北京女孩什么思路呀？阿珍：就这思路，才能在外面混呢。

从燕京来到南京，从玄武湖、莫愁湖、城隍庙到瞻园、南京长江大桥和中山陵，在五月江南的霏霏细雨中和雨过天晴的彩虹下，但凡一触及金陵女子生动的眼神，我立马领会了南唐后主那句著名的情色诗歌——眼色暗相勾，秋波横欲流。

在苏州公园的满园花色中，阿珍一袭红罗裙直把自己往人面桃花的境界中引，在无锡的两层小楼中，我醒来对阿珍说的第一句话就是——小楼昨夜又东风，异乡正堪回首艳阳中。在太湖的暗云薄雾中，我感怀至深，就在芭蕉叶上题了一句诗：风里落花谁主吟，风外幽情空绝音，江南自古离散地，伤尽天下儿女心。

果然，这次带有私奔色彩的旅行，结局并不美好，回到单位，我遭到通报批评，阿珍被延期转正。没多久，我们也掰了，在前门“力力餐厅”喝分手酒时，我给阿珍念了一句新写的诗——为指向你我的手指不再弯曲！在一段时间内，这句诗成了爱情箴言，直到席慕蓉和汪国真火了之后才被替代。

八四　我对你没恶意

纯聊天是改革开放初期，我们拍婆子、追姑娘、拿弯、磕妞常用的手段。在七十年代末我们跟女孩套瓷都爱这么说：小孔……上来就管人叫小孔，其实人姓什么我根本不知道。蒙上了就是意外收获，蒙不上也不要紧，她说她不姓孔，我再蒙：噢，不姓孔呀？我想起来了，你姓高。姑娘说：你怎么知道的？我说：因为我有恐高症。姑娘说：你真逗，真有想象力，都能跟恐高症联系上。我说：你忘了，咱排队买电影票认识的？美国电影《车队》，我加塞儿帮你买的票。姑娘说：我没看过《车队》，我看的是《爆炸》，罗马尼亚的，我买票根本不用排队，也不用花钱，我家电影院有路子。最后告诉你，我根本不姓高。

那时候追女孩太有意思了，上来就给人定了"姓"，百家姓基本都蒙遍了。其实人家姑娘姓什么不重要，重要的是一说她姓什么她不姓什么，她不姓什么她就想问个为什么，她就茫然了、疑惑了、讶异着、质疑着，这不就聊上了吗？通过瞎叫她姓什么，伺机往主题上迂回，我们那时都是有修养的男生，从来不唐突不冒昧不愣往主题上撞，愣往主题上撞容易撞得头破血流。

跟姑娘把局面聊开之后，必须送出这么一句特有交际风度、特具安全感、特别心怀坦荡的话：咱就是纯聊天，没旁的，这么大一国家，960万平方公里，咱俩今儿在这一米见方的范围内撞见，容易吗？能不聊会儿吗？我一点儿恶意都没有，真的，我对你没恶意，但凡对你有一丁点儿恶意，你永远甭搭理我！我跟你说，咱今天只限于聊天，纯聊天，别的、其他的、剩下的、额外的、附加的，跟聊天没关的，咱一律不干，成吗？

后来我反思了一下，我说怎么没考上大学呢？原来考大学那会儿，我除了读莎士比亚，就追姑娘了。废话，十八岁不追姑娘，八十八追呀？

现在有了网络，直接网上就能聊了。我弄了一个破QQ跟那儿挂着，大半夜的，经常有女的冲上来问我：你多大呀？我答：四张多。女问：你说什么呢？我答：说人话呢。她就不理我了。又冲上来一位，懂点儿礼貌：你好。我答：伊也好。她说：我不姓伊。我说：我认识的女人都姓伊。这又轰跑了一个。再来一位：你住哪儿呀？我答：燕京。她说：我住北京。我说：真近。她问：燕京离北京有多远？我答：一百个啤酒瓶那么远。于是，又把一位给拧巴走了。这回来了一比较愣的，名字起得也膈，叫“红处女”，直眉瞪眼就问我：你会算命吗？我答：不会。她问：不会算命干吗叫“大仙”？

现在不QQ聊了，Q聊感觉容易被骗，改微博私信聊。我的年轻女粉丝比较多，也爱跟我聊，我们把无聊当成有的聊。有一回正跟女粉丝聊上瘾呢，媳妇突然凑过来了，背后一拍我肩膀：又跟女的聊天。吓了我一跳，这一跳吓得我，差点儿往楼下跳。媳妇说：让我看看什么女的，让你聊得这么欢？媳妇一看女粉丝头像：呦，比我还漂亮。我说：没你漂亮。媳妇说：明显比我漂亮。我说：那就比你漂亮。媳妇说：比我漂亮你就聊呀？我检查检查，你们都聊什么了？我赶紧用手捂住屏幕：没聊什么。媳妇说：把手拿开。我说：我求你了，真没聊什么。媳妇说：我再说一遍，把手拿开！我只好把手拿开，我们的聊天记录暴露在媳妇的一双慧眼中，这可是私信呀！她说：孔雀东南飞，飞呀，飞呀，飞到花丛中。我说：五里一徘徊，坏呀，坏呀，你真坏。关键是，我把“五里一徘徊”误打成“屋里一徘徊”，“坏呀，坏呀”误打成“怀呀，怀呀”。

八五　美女清洁工

早上8点左右，坐报社电梯从18层下到11层签版。

早上8点我能醒着，自己也觉着挺崩溃，别人觉着特怪异。

从来没早上上过班，但我们的欧洲杯专刊是晚报。

所以每天都能看见北京的早晨。

好久没见到早晨八九点钟的太阳是啥样了。

电梯打开，进去就是一呆。

一个二十岁左右面容姣好的女清洁工，正在擦着电梯的四壁。

女孩是标准的“胡大瓜子脸”，眉浓肤白。

在夏天就能眼含秋水。

束马尾，散开后一定是半披肩。

从发丝的柔细程度来看，一定是“标直”——标准的直发。

于是我和女清洁工有了一段对话。

我说：这么早就上班了？

她说：我都是这么早上班。

我说：我说怎么第一次见到你呢。

她说：我中午在食堂吃饭，也能见到我。

我说：是住报社吗？

她说：不住报社能住哪儿？

我说：一会儿给我房间打扫一下卫生好吗？

她说：我只打扫电梯，不打扫房间，房间由我同事打扫。

电梯已到11层。

她说：你到了。

我关上电梯：我要到1层。

从11层到1层，我们沉默着……

她擦着，我看着她擦着。

电梯很快到达1层，门开了。

她说：这回您到了。

我关上电梯：刚才摁错了，我到地下1层。

八六　写信告诉你

从三张奔了四张，就没写过信。随着通信技术和网络日益发达，觉得写信是个耽误。打个电话，发个短信，基本上就能和对方迅速沟通，更多的是在网上留个言、发个邮件、粘个帖子。如今连传真都落伍了，即使传真，也是机打的印刷体，连发票都不手写了，改用机打。所以在资讯时代、信息社会，人要不日理万机，真对不起时代的契机，也把握不住改革的良机。

张惠妹曾经疯狂地要求别人：写信告诉我，今天海是什么颜色？每当听到张小姐的歌声，我就由衷地感动一把。因为她说的这两种事物——写信与大海，确曾于往昔注入我的骨子里。

不管是1995年在赫尔辛基面对波罗的海，还是1997年在那不勒斯面对地中海，我都曾发出过一声叹息：为什么当初我面对南戴河的时候，就写不出“面朝大海春暖花开”？

写信，曾经是一种优雅的生活。写信，写出来的就是相信。写信告诉你，今天我想娶你做老婆，梦里外的我，是否都为你辗转反侧？我变成一根筋，整夜都对你掏心，为何你明明怀了春，却又不献身？

河北昌黎南戴河黄金海岸，1987年的明月之夏，你的手凉过海水，你的手在我的手中叹息。你说：回去一定给我写信。我说：回去我宁可什么都不信，也要给你写信。于是在1987年东单邮局的服务台上，我奋笔疾书：梦为远别啼难唤，书被催成墨未浓，月朦胧，鸟朦胧，不如提拉一条龙？于是我把这位国子监首都图书馆的女孩，约到东华门夜市，狂撮了一顿油炸鹌鹑和盐水菠萝，然后在东单小树林中，被联防逮个正着。

1991年暮春的西湖，正是“涨西湖，半篙新雨，麴尘波外风软”。我沿着苏堤溜达，看见一着杏黄衫子的女孩，坐在路椅上抱着一本书狂念。每经过她时，我故意放慢脚步，想听见她读些什么。终于我听清楚了她读的一句：“感情是力量，不是知识，人的心是力量的府库，不是他的逻辑。”我试着跟进，接上她的话语，因为我感觉她读的好像是徐志摩的《落叶》：“有真感情的表现，不论是诗是文是音乐是雕刻或是画，好比是一块石子掷到平面的湖心里。”

在徐志摩的作用下，果然一块石子掷到平静的湖里，后来我们通了一段时间的信，其中不乏诗文唱和，她比较喜欢我给她写的一句诗：摸着你的呼吸，呼吸在月亮里升起，夜色折起你的眸子，那眸子，分明是泪水一滴。

数年之后，我重游西湖，她已不在，带着我天蓝和碳素字迹的书信远去。可是，我依旧想写信，哪怕是一封没有地址的信：垂杨岸，何处红亭翠馆？如今游兴全懒。山容水态依然好，唯有绮罗香散。

八七　花前月下流

饭后百步走，花前月下流，飘飘何所似，人生找配偶。

初恋时，我们不懂爱情，但已知道什么叫花前月下。只要约会，就往花前月下约，酒仙桥河畔、东坝河河畔、亮马河河畔、什刹海河畔我都约过。面对一川流水，一坡青草，明月当空，花团锦簇，我跟对象执手相看。我问：喜欢文科？对象答：不仅喜欢文科，还喜欢文学。我跟对象再次执手相看，看完了手已焊在一起，大自然的清风就是镣铐，我再问：知道莎士比亚？对象答：还知道巴尔扎克。我说：咱先交着。对象答：先交着再说。于是我跟对象先交着，在莎士比亚和巴尔扎克的文学战旗之下，先交着。

你看你看月亮的脸，当月光照射花丛，花丛掩映流水，花前月下流的浪漫沁入我心，当然，也沁入我对象的胸前。初恋时，我们不懂爱情，但总懂点儿什么，于是我们就什么了。当心灵心脏心田心扉心畔心迹甚至连没心没肺的心尖都被花前月下流灌溉得一望无际，我跟对象同时感慨——早干嘛来着！

我那对象是一个舒婷朦胧诗的爱好者，在酒仙桥电子城一家军工厂当检验工，高挑而骨感，有着一副女权主义者特有的冷酷颧骨。在1985年夏，为了伺候她的诗歌小倾向，我几乎把舒婷给温习了一个底儿掉。当夕阳西下我们把班儿下，我跟她从六公坟走向牛王庙，就是从现在的丽都饭店走向南银大厦，沿着首都机场路旁茂密的赤杨和白杨，一首一首背着舒婷的诗。月亮照常升起，鲜花肆意绽放，虽然没有河流，但我们心中的爱河已经决堤。花前月下流，花月正春秋！那不是春秋，那是你这个妞，比春秋还锦绣！

假如我现在还能记忆犹新的话，当时我对象的名字好像叫江涛，所以她成为舒婷的粉丝也不足为奇，至少舒婷曾为她写下——当人们四散离去，谁还站在船尾？衣裙漫飞，如翻涌不息的云。江涛，高一声，低一声……的确，就在花前月下流的七月之夜，就在她高一声低一声的呼喊细语声中，花前月下流灌溉着北京东郊大地，在北斗七星升起之前，月明松正传送着紫禁城郊外蜜意浓浓的幽情。

月光直射夜晚的青松，花前月下流向往着月明松——月明松的意境，在福建泉州女子舒婷的诗中，一对酒仙桥男女正在凤凰投火中炼造火鸡的图腾。初恋时，我们不懂爱情；初恋时，我们稍有疏忽就可能花前月下流。但是，舒婷的诗歌严格控制我们出轨的节奏——我说小稚菊都闭上了昏昏欲睡的眼睛，你说夜来香又开放了层层叠叠的心。

八八　只有恋没有爱

有很多恋我是没经历过的，比如同性恋、双性恋、人兽恋、中外恋、恋母、恋姐、恋童、恋物，并且也不打算尝个鲜儿。我经历过的恋很简单，就是一对一的异性恋，偶尔遭遇三角恋，当然也有无穷无尽的暗恋、单恋。恋着恋着就会发现，已经只有恋，没有爱了。所以，我经常把恋爱给拆了，总爱说“我恋你”，几乎不说“我爱你”。

涉及网恋，我很少涉猎，并未涉足，就怕网恋是一种涉险，而我最不擅长的就是涉险过关。我见过网恋成的，也没觉得网络婚姻跟现实生活中普普通通的恋爱结婚有什么区别。网恋的特殊性是先有了五笔字型或智能ABC，然后才有真人的音容笑貌，而现实中的恋爱，直接就能看到“人面桃花相映红”，或者“人面兽心不外露”。

我有时也事儿吧叽用些酸词儿跟女网友起起腻，比如“一段情要张扬多少年，一个妞要有病多少天？”“如果后海能够唤回ID的爱，就让我用一夜等待。”“我拿什么内疚？情能见血封喉，今年你就属猴，还不跟我邂逅？”“香消在茶余饭后，有人找抽；韵起于腮边颈后，无人来嗅。”我还特意给一个ID叫“茱丽叶”的网蜜写过一首情歌——就你丫，就你丫，不要脱衣又带水；我和妹，像一对，真干脆！

我总在想，人类发明了网恋之后，是不是只有上网才会恋，下了网都把异性当中性？在网上风生性起，在网下昏睡不起。打小就习惯了“介绍对象”这一路数，那时候谈恋爱、搞对象，都有一帮师傅替我张罗，在衣来伸手、饭来张口之余，人家还把对象都给你安排好了。现在一想，在八十年代走上社会多么幸福啊。到了二十一世纪，假如想找个对象，还得上网，不知道对方啥人不说吧，先得一通磨叽，云山雾罩跟那儿套瓷，从庄子的无边秋水耗到李后主的一江春水，才算知道对方长得啥样儿。

哪像我们那时候，简单粗暴，我们工人阶级的后代都是大老粗，谈恋爱的时候偶尔也抱抱青年女工，大老粗抱女工，就叫“粗抱”。男的说：我觉得你不错。女的说：我觉得你也合适。男女一起说：那咱走吧！

八九　有血有肉所以血肉模糊

我是多血质，皮下淤脂肪，有血有肉，一旦遭遇血色黄昏，就容易血肉模糊。当然，是内心血肉模糊，外表依然皮糙肉厚。

1980年，为支援老山前线，我们单位组织献血，我献了400毫升，挣了33元钱。大夫说：一上午就你一AB型。我说：那能不能给我加点儿钱？大夫说：为什么？我说：血以稀为贵。大夫说：没听说过血稀的还贵？要论贵O型可比你珍贵多了，几乎是个血管就能往里输，这么多O型都没要求加钱，你一AB有什么资格多要钱？

看着自己的400ccAB注入容器，我的血液在奔腾，我的肉体在模糊，头有点儿晕，但我清晰感觉到：血确实浓于水。至今我还好奇地想：我这400cc都给谁了？谁的血脉里流着我的鲜血？我们都流着中华民族的热血。

后来我就开始搞对象，一场恋爱下来，长了10斤肉，原来爱情如此养人，以至我每逢恋爱体重就增加，即便失恋，失去的也是恋，并没失去身上多余的肉。

八十年代谈恋爱喜欢发誓，不是用语言发誓，而是用身体发誓。1984年12月31日傍晚，一轮落日砸在北海的冰面上，我跟一个安定门地兴居的女孩，在瓦尔特退费尔的圆舞曲中“鹤舞白沙，我心飞翔”。然后来到西安门“延吉冷面”撮饭，仗着“华登头曲”的酒劲儿，我跟对象气中牛斗。对象点着一根儿“友谊”，用火热的烟头照腕子上就是一摁，直到烟头熄灭，并强调：“我要是跟你吹就不是人养的！”我也不甘示弱，拿烟头也照腕子上一戳，亦强调：“我要是跟你掰就不是妈生的！”对象说：白烟没劲儿，不刺激，不悲壮。我掏出“天坛黑棍”，我们各点着一根儿，对望着，交换着坚强的目光，同时将炽热的雪茄烟头摁向自己的另一只手腕。在爱情的烙刑中，我们咬牙扛着，不哼不叫，眼光喷火，直烧进对方的眼中，真是典型的浴火重生。

一年之后，我们在寒冬腊月分手，告别时，我们都不由自主亮出了手腕，一年前的爱情烙印了无痕迹。我摸着她腕子上的细皮嫩肉说：交下个男朋友别再发誓了，挺无聊的。女孩说：那时候不傻吗?

在电大上写作课时，老师老说：古今中外的作家，塑造出一大批有血有肉、血肉丰满、无比鲜活的人物。我老想反驳：我要是塑造出一个没血没肉的人物就不叫写作了吗？万一我塑造出的人物不仅有血有肉、血肉丰满，甚至血肉模糊、血肉横飞该怎么办?

以后一旦碰到女孩因失恋想不开，有割脉的征兆时，我就劝她们：同样是放自己的血，干吗不去献血呢？把殉情跟公益事业结合起来，于己于社会都有益。

九〇　十年三里屯（1998-2008）

1998年1月1日晚10时许，我切一辆夏利从劲松杀到三里屯北街，在元旦的花火荧光中，一位外地妇女劈头拦住我：先生要小姐吗？我刚想按惯例说“我要你不就成了吗”，一看，不对，她超龄了，赶紧改口：谢谢，先不要了，我刚从有小姐的地方来，不能一晚上都是小姐。是啊，人生必须得有一种超越小姐的大气，否则真没起子了。这工夫，一帮跟拉客有关的三里屯各界服务人士纷纷涌来——先生，到我们酒吧去坐坐吧，我们酒吧有演出。先生，到我们酒吧跟小姐玩玩骰子吧？先生，要碟不？先生，买花吗？先生，画像吗？先生，吃羊肉串吗？我赶紧力挽狂澜、力排众议，跟他们说：我就来三里屯找厕所撒泡尿，其余的都不干。

从三里屯北街第一家捋过去，依次是——地平线、男孩女孩、兰桂坊、休息日、米兰、云胜、棕榈、逗号、52号小男孩女孩、白房子阿尔卑斯啤酒屋、戴茜小屋、灵丽、简单日子、骊姿园、傲基高、8、王画咖啡。马路对面白天外贸服装市场的后面晚上则是——飞翔、卡布瑞特、安吉尔。这是1998年三里屯北街隆重的格局，奠定了三里屯震惊中外的名声，总共构成三里屯北街酒吧中心区的“二十条好汉”。

从小季、骅子到狗子，工人体育馆过街天桥对面停车场后面的愚公移山台球吧，后来成为演艺吧，是老炮与尖果、台球与摇滚的动感地带。城市宾馆旁边的DEN，你进门一旦上2楼，一帮嗨高的鬼子就直往你怀里冲。

时光突进2008年2月17日，我穿行于三里屯北街，参加李季在三里屯后街那里花园的意大利西红柿餐厅开业酒会，再次遭到拉客的堵截。拉客问我：先生来我们酒吧坐会儿，我们酒吧没有最低消费。我说：那有最高消费吗？拉客说：更没有了。我说：那我还消个屁！

在1998年元旦，整个三里屯只唱同一首歌——你总是心太软心太软，把所有问题都自己扛，相爱总是简单相处太难，不是你的就别再勉强。换个词儿就是——我总是人太傻人太傻，把所有存款给别人花，上当总是简单醒悟太难，本是我的还要去糟蹋。

到了1998年春节之后，王菲那英在春晚高歌的那曲《相约98》，瞬间成为“相约酒吧”的代言曲，整个三里屯北街在相约98中，进入相约酒吧的鼎盛时期。一度，没去过三里屯就跟没出过国一样落伍。

之后，三里屯北街逐渐成为旅游景点，垃圾歌手、站街小姐、劣质白领以及一帮农转非的闲杂人等，已把北街变成了恶俗之地。尤其是一些从写字楼出来就不会写字的白领，穿西服打领带，喝着科罗娜耍着骰子假装特有情调，其实就是一帮新生的城市混混。虽然三里屯北街曾是我泡吧的根据地，但是我现在比谁都烦这地方。

进入二十一世纪，三里屯区域的酒吧开始圈子化、私人化、格调化。王朔开了“王吧”，成为文学愤青、艺术愤青畅谈理想的根据地。“王吧”旁边是“蒋酒”，也成了影视和戏剧愤青的啸聚场所。“王吧”对面的“青年旅馆poacher”，由于酒卖得便宜，兼有“地下音乐”不时演出，便成了中外工薪愤青追求艺术的狂欢之地。

工体北门具有拉丁风格的“哈瓦那”，融入了一些小资情调的文人和商贾，还有一些强壮的西方牛仔。工体北门对面的“幸福花园”和“甲55号”，则是边缘文化人混迹之处。而在同里的尽头，“九霄”风起云涌，红罗帐中，多少文艺中青年莺歌燕语，通宵不绝。

在貌似跟文化很搭的三里屯南街，“隐蔽的树”正成为外国旅游者的天堂，而“芥末坊”早已定格为本土愤青的大本营。“明大”在南街独树一帜，以高额的流水将中西方的“白领浪子”荟萃于此。“苏西亚”是一家日式餐吧，在这里你可以体验到松尾芭蕉和夏目漱石悠长的气韵。“乡谣”则属于酒吧中的“山药蛋”派，朴实无华却透着有情调。“乡谣”对面的“北京爱尔兰”，是周末老外狂欢的场所，很多中国女孩在这里寻找机会。

“夜上海”餐厅对面的“藏酷”酒吧，颇具“奥菲斯”色彩，来这里的大多是“菲斯科”雇员，他们把写字楼的气息传染给酒吧。兆龙饭店对面是“豹毫”“海力”和“火烈鸟”，其中“豹豪”豪情天纵，很多二流影星、三流歌星、四流模特都在这里寻找一举成名的机会。

与三里屯北街交相辉映，1995年春天，一位叫居岚的女海归，在三里屯南街擂响战鼓，开创了南街处女店咖啡。随后，隐蔽的树、芥末坊、明大、乡谣、苏西亚、北京爱尔兰相继崛起，这7家酒吧七剑震朝阳，风云啸长虹，伴随着河、阿苏卡、生于七十年代新血的涌现，三里屯南街顿时被激发成愤青的重镇、怨青的摇篮、文青的家园、滚青的战场。

我把88号、男孩女孩、豹豪、藏酷、明大、赛克赛思、哈瓦那命名为三里屯“七大奇观”，特别是88号，每个想在北京文化圈、娱乐圈有所建树的主儿，必须在88号过一把，然后才知道自己是骡子是马。

2005年深秋，我跟88号创始人、三里屯教父李亨利在他的白房子小酌，算是边聊天边采访，为我的杂志做一期“十年三里屯”的专题。秋风一来，人便开怀，我跟亨瑞开怀畅饮，旁边的站街女孩想坐怀都不让，我们宁可让灵魂代替小姐在自己的身上坐怀，直至精近而妄——精神近，灵魂妄。

在这次秋夜畅谈中，李亨利说出一句转变中国人行为方式的话语——我就想改变中国人朝九晚五的生活秩序，晚上不出来，白活一辈子！三里屯的意义和价值就在这一点上发扬光大，把中国人从农民变成了都市消费者和生活享受者。现在中国人还有看完新闻联播就准备睡觉的吗？

十年三里屯，是改革开放之后中国的一个缩影，它教会了中国人怎样走进新时代，走向夜生活。没有共产党就没有新中国，没有三里屯就没有夜生活。没有夜生活就对不起中天月色，月亮反感你，并通知太阳在第二天讨厌你。正如有一天，我跟狗子在三里屯喝着喝着酒，他突然颓了，缩进角落里。我问他：狗子，喝啊，干吗老往后缩呀？狗子说：要不我怎么是生活的缩影呢，我缩惯了。

十年三里屯，从1998来到2008，一路走来令人慨当以慷，忧思难忘，何以解忧，唯有烂谷子中，扒拉出几粒陈糠。1998，2008，中间穿插着多少酒吧，多少女人在此地抛掷了年华，多少男人在此处倾空了钱夹？

1998，在三里屯酒吧，一位乡镇企业家，望着科罗娜，高声问服务员：小姐，来一领啤酒多少钱？2008，随便一个东三环写字楼的小白领，来到三里屯酒吧，不看酒单就喊：服务员，芝华士对红茶，套餐那种！1998，在三里屯酒吧，一位城乡接合部的带头大哥，坐下来就问：咱酒吧有啥下酒菜，炸花生米和猪耳朵有吗？2008，从白沟到塘沽再到秀水假名牌越穿越像真名牌的私企豪杰，张口就问：洋葱圈有吗？炸泥肠有吗？水果沙拉有吗？里面多搁猕猴桃。

三里屯十年的价值就在于——中国人从吃糠咽菜，一把进步到黄油奶酪。

2008年12月31日晚10时许，饭局之后我以微醺的飘然身法，穿过太古广场，三里屯北街已被Village的商业气氛笼罩，后三里屯时代已初具规模。我晃到王朔酒吧的旧址Shooters，要了一杯B52，带着火苗一口闷掉，为的是——燃烧记忆，轰炸过去！

进入二十一世纪，昔日遮天蔽日的三里屯大文艺情怀，已被太古里琳琅满目的大商业气息吞没。君莫舞，君不见，九霄王吧皆尘土，沧海事，暮天钟声又误，休去3.3，斜阳正在，烟熏断肠处，众里寻丫千百度，蓦然再找，那人却在啪啪优衣库。如今，三里屯作为酒吧义气指点江山的使命，已经完成，三里屯的风花雪月早已风流云散。当三里屯成为屯三里的时候，我们咽下三里屯的最后一口酒，然后——鬼混在别处！

九一　三里屯十八条好汉

于三里屯的跨世纪酒吧，迎来送往各路好汉，路遥知牛掰，日久见酒量，有一天喝到上“听”时分，脑海中便涌现出三里屯十八条好汉的身影。

艾丹：艾丹乃艾青之子，凭艾老诗坛泰斗之名，艾丹足以在三里屯纵横江湖。有一次，文天祥喝高了，写下千古名句：“人生自古谁无死？留取艾丹照汗青。”是以，艾丹每逢杀到三里屯，必是在饭局上锁定八两“二锅头”之后。艾丹的名篇《下个世纪见》，这是他在上世纪就把下世纪断得死死的。我曾跟艾丹相约，下世纪不喝高了不见！

张弛：像草一样不能自拔的张弛，其实他比谁都先打草惊蛇，比谁都先锄大地，跑得快。张弛的酒量，仅次于艾丹。张弛曾说，谁让艾丹之前有艾青，张弛之前有张若虚的？艾老爷子把整整一条大堰河都当成保姆了，艾丹能不“河量惊人”？而张若虚不就弄出点儿《春江花月夜》的动静吧？张若虚，人已虚，我们家祖先“孤篇盖全唐”之后，怎么就后手不接了？

大仙：我不是吹牛，艾丹、张弛之外，我的酒量在经常去三里屯泡吧的文学人当中，是李杜之后，自有白乐天；苏辛之侧，再看陆放翁。我中年时代的酒，确实是在三里屯练出来的。只喝“喜力”，能把“喜力”喝到“自不量力”。我一生最大的梦想，就是把荷兰三剑客巴斯滕、古力特、里杰卡尔德，在“喜力”面前，一把办高。

李大卫：比我们都先拔头筹成为作家的李大卫，此际正于洛杉矶日落大道怀念他英年早逝的猫。他的猫有句名言：“为什么AC米兰和国际米兰的主教练终不用米兰·昆德拉？”大卫写诗的时候，又叫维维，绝对不是“维维豆奶，欢乐开怀”。大卫的酒量不可言量，一旦言量，能把你家里的酒全喝光。从巴洛克到哥特，从果戈理果戈里到雅戈尔，大卫一直强调：“雅戈尔衬衫西服，一身正气。”结果，李大卫带着一身正气，去洛杉矶刷盘子，我带着一身邪气在三里屯接着泡吧。

尹丽川：子在川上曰，逝者如斯夫。我对丽川说，海纳百川，谁纳尹丽川？丽川说，百川归大海，可惜你是大仙，不是大海。我说，如果大海能够唤回曾经的爱，就让我用一生等待。丽川说，你丫再不说人话，我就废了你！有一次，在“幸福花园”酒吧，我见到尹丽川已把长发剪成短发，把黑发染成褐发，剪断了惩罚，剪一地伤透我心的尴尬。我说，你不废我了？现在想在女孩面前，完成一次“穿过你的黑发的我的手”是越来越难了，起码在三里屯，黑发女孩几乎绝迹。

黄燎原：近两年，在三里屯几乎没见到黄燎原，最后一次见到小黄，是1998年巴西、法国决斗“法兰西之夏”，在三里屯的“小白房子”，我和燎原一边锄大地，喝喜力，一边看齐达内如何摆平罗纳尔多。当时黄燎原正傍着“黄种人”乐队的女主唱何天慈，我们都管何天慈叫何仙姑，仙姑一曲“啊啊北京国安，我们永远热爱你”，曾经爽歪了北京球迷。后来梁天在《防守反击》中，化神奇为腐朽，把北京国安变成了“大馅包子”。黄燎原与何天慈在法国世界杯之后分手，一段足球决定了一段感情。

戴方：戴方是我转型娱乐圈必须认可的“老大”，虽然我是看着戴方“坐大”，间接还看着他“长大”。戴方、王晓峰、胡立涛，堪称北京娱记的“铁三角”，如同八十年代中期法国足球的普拉蒂尼、蒂加纳和吉雷瑟。乍一见戴方，我说，好久没见，你胖了一大圈。戴方说，那是张惠妹唱给张雨生的，以后你不许用歌词含沙射影地灭我。在新源街的“丝绒俱乐部”，经常可以看到戴方左右娱乐江湖的身影，他周围老有一些不漂亮却另类的女孩。

何勇：何勇比我小一轮，但我管他叫勇哥。我一直想管“中国三勇”都叫勇哥，何勇、秦勇、黄勇，秦勇是“黑豹乐队”的主唱，黄勇是八一振邦队的左前卫。何勇从《垃圾场》《钟鼓楼》到三里屯酒吧、东直门鬼市，有些江河日下。但是他说，宁可日下，也不要江河。何勇对诗歌有一种比诗人还固有的执迷，他老说，只有诗歌才能拯救摇滚。有一次，何勇对我说，你那首《听蝉》，多牛。我说，我早已不听蝉了，跟张惠妹一样，听海，写信告诉我，今天海是什么颜色？何勇说，仙哥，我求你了，你丫在我心目中千万还是个诗人。

崔健：除了九十年代初，在“马克西姆”的“圣瓦伦丁PARTY”上见过老崔演唱之后，再见崔健，已是龙年的腊月二十九。在“丝绒俱乐部”的一楼，何勇把我介绍给崔健。今见崔健，局部的追星意识骤然爆发，我说，特喜欢你的“解决红旗下的蛋”。老崔说，能不能把这两首歌名掰开了说？我说，我还喜欢“新长征路上的花房姑娘”。老崔说，真贫，咱喝。

石康：晃晃悠悠的石康，支离破碎的石康，没有一塌糊涂，反而蒸蒸日上。我劝石康买“富康”，结果石康买“捷达”。石康久居东高地，是以把他称为“东高地的守望者”。张弛灭石康有一句名言，东高地到天安门，天安门到东高地，都是15公里，但是东高地永远是东高地，天安门永远是天安门。后来我在“藏酷”见到石康，为石康打抱不平，丫张弛牛什么？他不就住在木樨地吧，木樨地也得被锄大地。石康说，仙老，你真理解我，这酒我请了。

狗子：狗子之所以成为狗子，并不是他老咬吕洞宾，就其生活态度而言，狗子的确能做到“一丝不狗”。如果在三里屯说狗子喝高了，这事儿就大了，狗子起码得窜到吧台上，朗诵“卑鄙是高尚者的通行证，高尚是卑鄙者的墓志铭”。自从凯文·科斯特纳与狼共舞，我就开始与狗子共舞；自从狗子把自己称为“一个啤酒主义者”，我就在三里屯狂喝啤酒，以免让人嫌狗子不待见。于是，在新新人类小说家中，我有一句名言：男狗女尹，男中狗子，女中尹丽川，此为“刚柔双煞”。

赵赵：与尹丽川并驾齐驱，赵赵是活跃于三里屯的另一位女子写作高手。有一次，在三里屯的“戴茜小屋”，我跟赵赵说，希望赵赵能罩着我。赵赵则说，赵赵不罩任何人。那次泡吧之前，赵赵先在“赛特”买了“ONLY”的时装，在泡吧时，赵赵对我说，以后想泡情儿，就给她买“ONLY”。后来，赵赵的随笔集《春暖花痴》出版了，我给她写的书评是：自林黛玉之后，祖国的第二位花痴。

方文：方和文加起来，曰放，是以，我们称方文为“放老”。方文每去三里屯，必有惊世骇俗的举止。方文和我的梦中情人胡丝羽，竟是非同年而同月同日生。有一次，我把方文和胡丝羽共同的生日撮在一起办，结果老狼狂灌胡丝羽，我狂灌方文。然后，去了三里屯北街的“戴茜小屋”，已经喝高的方文，竟将“戴茜小屋”的七把椅子掷向街心，一边嘴中还念念有词：“七把叉，七伤拳，七剑下天山！”又一次，方文过完生日竟奔“豹豪”，我正在“哈瓦那”谈事儿。方文说，你丫再不来，我就砸断了“豹豪”。我说，吹牛逼，你丫敢砸了“豹豪”，我就砸断你的腰。后来，方文没砸了“豹豪”，而做了网站的领导。

唐大年：我至今怀念唐大年十年前的风采，那时的唐大年，家有芙蓉，外有声名。当时我狂追胡丝羽，唐大年热恋崔羽，以至紫禁城下，盛传“飘香二羽”。两年之后物是人非，在三里屯北街的“逗号”酒吧，唐大年跟我说，年年岁岁花满楼，岁岁年年人消瘦，结果花满楼，人已消瘦……我赶紧插话，只剩下爱与哀愁。唐大年说，没错，除了哀愁便是酒。我说，既然是酒，那就折了吧？折了以后，唐大年再叫酒，我说，我跟张弛是看着你失恋的。唐大年说，那又怎样？人生失恋须尽欢。我说，张弛是个好人。唐大年说，谁都是好人。我说，张弛让我转告你，有多少爱可以重来。唐大年说，转告张弛，我等的妞还不来，未来不在我还在。

杨葵：方文杨葵唐大年，早期在江湖上起势的时候，一度有“荷兰三剑”巴斯滕、古力特、里杰卡尔德之风。后来方文剑走偏锋，每每喝高之际，便手劈扎啤杯，一双肉掌之下，有多少扎啤杯成为孤魂野鬼，直至将手筋劈断，方文才废了武功，投身网站。唐大年由于少年时代走得太顺，三张之后，逐渐怀才不遇，常泡在三里屯，憋着东山再起。唯有杨葵，正逢事业的兴旺期，捧红了一个个作家，自己也成了评论家。事业的兴旺期又是感情的多变期，经常在三元桥一带对天长叹的杨葵，非常困惑地说，站在天平的两端，一样地为难，唯一的答案，离一个婚好难。

老狼：那是1999年岁末，在三里屯的“飞翔”酒吧，我对老狼说，一不留神，出了个朴树，再一不留神，又出个羽泉，你没戏了吧？老狼说，还得出新人呢，不久你老能在电视里看见斯琴格日勒。那天张弛狂叫伏特加“斯米尔诺夫”，我一看趋势不对，张弛真往贵了叫酒，最后是我买单，赶紧跑到邻桌和唱《花开不败》的姜昕玩儿“诈金花”。姜昕果然花开不败，猛赢我的钱，我心想，我钱就是输给姜昕，也不能让张弛全当酒喝了。张弛大了以后，老狼也高了，我跟老狼用的都是“诺基亚3210”手机，自然拿混了，以后几天，找老狼走穴的找了大仙，找大仙约稿写足球的找了老狼。在我们交换手机的时候，我问老狼，没用我的手机打国际长途吧？老狼说，美国算不算国际长途？

赵波：我怀疑，赵波是看尤金·奥尼尔《榕树下的欲望》看多了，才去主持“榕树下”的。2000年之春，我借去上海采访“春兰杯”世界围棋职业大赛之际，参加吴亮和赵波于“海伦大厦”画廊酒吧的开张聚会。当时“玉笛书生”孔杰刚把“世界第一快枪手”曹薰铉斩于马下，我满脑子还是孔杰将曹九段“大翻盘”的棋局，马上又和吴亮狂聊中国足球，吴亮写文学是当行本色，写足球也是锋芒毕露。吴亮著名的观点就是：中国有些东西是不适合走向世界的，一个是电影，一个是足球。赵波喜欢穿红衣，红衣罩黑披肩，红黑相间，使我满脑子都是AC米兰的间条衫。那一晚，赵波于烛影摇红中摇曳生姿，一个“化美女为作家”的卡塔尔波，于浦江之夜亭亭玉立。进入新世纪，我在三里屯再逢准备赴澳洲的赵波，于喝高之际，我跟赵波说，我决心要当诺贝尔、奥斯卡、格莱美的三冠王。赵波说，“榕树下”正好要开一个“无知者无畏”的专栏，我决定让你打头炮。

尹慧：三里屯十八条好汉，不能没有“摇滚国母”尹慧的芳名，虽然尹慧已在三里屯绝迹。想当初，尹慧以一个弱女子之身，纵横于诗歌、摇滚、电影的“三维空间”。当朱莉娅·罗伯兹、多丽·帕顿饰演了《钢木兰》之后，我忽悠就有一种感觉，尹慧不就是中国文化的“钢木兰”吗？1994年之秋，我在工体东门的“洗车吧”，见到尹慧和当时叱咤风云的“魔岩三杰”窦唯、张楚和何勇，尹慧正在用她的“母权主义”，抚慰摇滚青年的孤寂心灵。当时，尹慧刚出了一本《晚风中的共和主义》，我说，据说王安忆在首都机场一下飞机，就说，谁是尹慧？马上带我去见她。尹慧说，大仙，你真不应该去炒足球，你能把文化圈、娱乐圈炒疯了。

九二　北京饭局大酒

一般，在饭局酒桌上喝美的时候，我喜欢给女青年朗诵诗，当然不是普通女青年，一定是文艺女青年。我管朗诵诗叫“浪诗”，曾经写过一首《浪人情诗》，比伍佰的《浪人情歌》还浪。酒意滔滔之际，诗性柔柔发作，我特爱给女文青浪老北岛的《雨夜》——即使明天早上，枪口和血淋淋的朝霞，让我交出自由、青春和笔，你说我该怎么办？女文青赶紧问：怎么办？我接着浪：我也决不会交出这个夜晚，我也决不会交出你！女青年说：哥，真仗义，一看诗人就重感情。我继续：让墙壁堵住我的嘴唇吧，让铁条分割我的天空吧，只要心在跳动，就有血的潮汐，一会儿咱换地儿喝去，偷偷撤，别让他们知道。女青年：还换地儿喝呀？就咱俩吗？我说：对呀，而你的微笑将印在红色的月亮上，每夜升起在我的小窗前，唤醒记忆……

这不过是北京饭局大酒中的一个即兴插曲，酒有着天然的魔鬼般的统治力，这种统治力的驱使使人臣服于酒精的强迫力，在它的这股张力中反复拉动自己的情绪。我在酒精强迫力的作用下，恨不得把我过去背过的诗全都背一遍；而有的人，喜欢在酒意盎然中唱歌、说相声、玩绕口令、念打油诗；有的人不厌其烦地聊星座、谈血型、算命猜八字；还有的人喝了点儿酒就陷入严重怀疑人生的苦逼境界；不过，所有的人，包括在座的女人，都离不开一个宿命而不朽的话题——谈女人。所谓聊人生，谈女人，酒场亘古不变的千古佳话。男人喜欢谈女人，女人喜欢听男人谈女人，如此才有了川流不息、浩瀚无边的——北京饭局大酒！

我在北京算是一组局高手，喜欢组三种局——饭局、吧局、迪局，尤以饭局见长。饭局上一定要男女搭配，喝着不累。有回我参加一局，进门一瞅，算上我紫禁城13位老少爷们，我感叹命运多舛，为什么不是“金陵十二钗”呢？后来又陆续来了5位，得，整凑十八勇士飞夺酒仙桥。

我比较喜欢按欧洲方式组局，一定给参加者打出提前量，一般周三约局、周四定局、周五赴局。跟餐厅饭馆也是周三预订，周四敲定，周五下午追加敲定，所以饭店和与局者比较喜欢我组局的信誉。我组局的通知方式，比较严谨，MSN和短信双通，现在有了微博和微信，变成四通，不对，MSN已经停用了，还是三通。对方若没回音，我就打手机追过去，再没回音，就打车到她单位或家里当面通知，如果她还不在的话，就在报纸上刊登饭局寻人启事。耶利亚，饭局耶利亚，我一定要通知到她，耶！

众所周知，我的组局风格，比较重女轻男、重色轻友，特别是不能喝酒的男的，基本不叫。不喝酒，还是个男的，你说你来饭局做甚？酒桌上肾都不走，你做肾？饭局的布局往往是男三分之一，女三分之二。我2006年在糖果二楼“芒果吧”的生日局共来了38位嘉宾，9男29女；2009年在猜火车组我50岁生日局，来了50位，15男35女。这是我组局以来男女比例最为失调的两次。在一个局上，从50后到90后打通，这是我的擅长。2006年我组王朔的复出局，五、六、七、八四代同堂，从1958年的王朔到1983年的春树，老干葱面对小清新，喝起酒来，没一点儿代沟。哪有代沟呀？连地沟油都不许用，还有什么代沟？在我生日的饭局大酒中，坐满生于1978-1992年不同年龄段的文艺女青年，我感到阵阵欣慰，浪出一句聂鲁达的压卷之作——傍晚的红霞在你眼睛深处燃烧，秋天的枯叶在你心灵里旋舞！

有了微博之后，我建了一个饭局大酒群，取名“朝青帮”，加入的都是一些热爱生活、喜欢喝酒的朝阳这片儿的文艺中青年。有一回朝青帮春季饭局，来了70人，以迅速喝高的方式冲击人生，奔向未来。有人居然半个小时就挂了，还有的断片一整天，第二天竟然又来到这家餐厅，以为饭局还在继续。我带着两位90后的北电女生，负责跟70位酒友打通关，通关浩荡啊，浩荡通关！90后妹妹酒风浩荡，一练白酒，一干啤酒，迅速走了一圈。为了证明我这50后老干葱尚未前浪死在沙滩上，我半鸡贼半豪爽跟着起哄陪了一遭，没喝到70杯，差不多也喝了50杯。

后来老跟“北京女酒鬼”于一爽混，发现她爱喝白酒，并且高度白酒，正合我意。有回局上凑巧了，带的都是烈性白酒，闷倒驴、军川白、衡水老白干，全是60度到70度之间，于是我们戏称——以后60度以下的白酒不带玩。而恰恰是，飞机托运，60度以上的烈酒不让托运。于一爽说：她是烈女，所以老得喝烈酒。我说：我是老干聪，老干酒容易聪明。

如今，在年终岁末的呼风唤雨中，饭局大酒更是层出不穷，只要晚上有局，酒杯就在黄昏时分于天空排列。这不是我酒后的幻觉，而是我意念的驱使。

九三　杯盏不识春风

把酒劝春风，佯作从容，姚家园外起长虹。一顿大酒阑珊处，人醉杯空。饭局乐匆匆，应酬无穷。今年酒比去年猛，还怕明年酒更烈，豪饮年终。

二环外，工体边，饭局狂扑面。夜色撩人频转战，狼藉满杯盘。添双筷，加道菜，大酒拼正酣。一杯二锅尽余欢，福根儿也须干。

美食巨擘馋宗大师沈宏非曾质疑北京饭局，为何总围绕一座体育场大搞吃喝？我解释说：那可能是因为——发展体育运动，增强人民食欲。

所谓饭局为了聚，一聚便成局。吃喝的含义并不重要，这道菜跟那口酒也没什么所指，都是形式，形式一般要服从于内容。内容是什么？内容当然就是人。人是铁，饭是钢，那是没解决温饱之前；现在小康了，人是钢了，甚至是纲了，纲举目张，饭局上飘来几枚美女，男人的目能不张吗？

一帮人、一批人、一群人，认识的或不认识的、半熟的或特熟的、较忙的或较闲的，就这么聚着，越聚越想聚，就聚成了局。吃喝是形式，认识人为内容。认识人有啥内容呢？其实很简单——饭局上认识之后，微博上互相关注，顺便再加个微信，搞不好混成一个群。别以为现代人就不空虚？空虚着呢！有时奔个饭局就为了互相关注加好友。

所以，杯盏不识春风，杯盏就认识酒，因为杯盏不能老让自己是空杯，那得有多空落呀？那真成“杯具”了。不认识春风就不认识了，春风有什么呀？不就是春天的风吗？春风还不解风情呢，老刮沙尘暴。

谈笑有春风，杯盏自流芳。人生之局，就是这个调调，不必强求，不可苛求，聚顺了就得，局爽了就成。杯盏不识春风，因为杯盏已先自伤春，在春日迟迟中，已先把春伤透。在心碎的杯盏面前，春风就是小清新，而杯底深处，卧着浪子的灵魂。

九四　共君一醉一陶然

中国白酒，历史悠久，饮风浩荡，酒香醇厚，七尺男儿，满桌珍馐，三杯下肚，气冲斗牛！

世界六大烈酒，必有中国白酒。还有苏格兰威士忌、法国白兰地、俄罗斯伏特加、墨西哥龙舌兰、古巴朗姆酒。这六大白酒，不管质地如何，力道的标准都一样——入口必煞口！不煞口，无烈酒。在煞口的当口，直奔杀口，却不灭口，下回还诱口。

白酒须蒸馏，勾兑属下流。中国第一款蒸馏酒，也就是烧酒，据传来自东汉年间。上海博物馆珍藏着东汉时期的青铜蒸馏器，当时蒸出了26度左右的中国最早的白酒。中国第一位酿酒师，当是传说中的杜康，他在夏朝就开始造酒，所以《酒经》中有“杜康作秫酒”之说，而民间曲词中曾广泛流传——你道是杜康传下瓮头春，我道是嫦娥挤出胭脂泪。

至唐，中国白酒已成风俗时尚，白居易有诗——荔枝新熟鸡冠色，烧酒初开琥珀香。唐代造酒的方式为：把酒搁在酒瓮里，把瓮的四周糊上泥，再用火烧开，然后无限畅饮。

及宋，实行炼丹式造酒，炼丹有一项设备为“抽汞器”，其实就是蒸馏器，杜康突然变身葛洪，不会吧？听着比较玄乎，酒里有仙气了吗？但《丹房须知》里确有此说，炼丹之余，亦可造酒。

到了元朝，蒙古兄弟带来的酒风更加浩荡，李时珍一言以蔽之——烧酒非古法也，自元时始创。其法用浓酒和糟，蒸令汽上，用器承取滴露，凡酸坏之酒，皆可蒸烧。是以，华夏白酒，诞生于十四世纪。

中国白酒，必是餐中之饮。外国酒分餐前、餐中、餐后，但中国酒，以白酒为盟主，一律餐中。因为民以食为天，还得食为先，先动筷，后动杯，不吃踏实了，无力举杯，空腹喝酒，可能一下就出溜到桌底。所以中国白酒极适于吾土吾民，专为中华民族风骨而造，就知道你吃好了就想喝，喝美了还想吃，吃喝源远流长，白酒长盛不衰。

白酒要高度，低度不靠谱。现在的白酒，50度以下拿不上桌，60度以上备受欢迎，70度至80度的原浆超烈酒，更是供不应求。李清照一句“三杯两盏淡酒，怎敌它晚来风急？”提醒了中国酿酒业，一定要造高度白酒，以避免出现更多的苦逼文艺女青年。

魏晋南北朝是中国文人断片喝大酒的一个标志，刘伶每喝必大，每大必喝，所以他老爱说——吾以天地为栋宇，屋室为裤衣，诸君何为入我裤中？我对其人较崇拜，经常与之穿越对饮，并根据《酒德颂》酝酿出《酒德赋》，赋曰——

曹孟德对酒当歌，江山一马平川；李太白羽觞醉月，胸襟无限豁然。一杯香醪，可让东坡羽化登仙；两盏薄酒，且令易安轻解罗衫。屈原饮罢，直奔路漫漫；庄子醉后，冲向水蓝蓝。关云长温酒斩华雄，华雄死无憾；许仲康裸衣斗马超，马超勇再现。西楚鸿门宴，北宋释兵权；霜天隐嫦娥，月里斗婵娟。清风帘外，浪迹竹林七贤；春日楼头，好汉结义桃园。归去来兮，陶渊明一杯执牛耳；燕然未勒，范仲淹万里醉边关。昨夜陶然白乐天，今朝酒醒柳屯田，有君难求孟浩然，无人能解辛稼轩。风萧萧兮易水寒，荆轲刺秦不想还；八千里路云和月，岳飞抗金莫等闲。

酒是双刃剑，微醺至陶然。酒后不宜有罪恶，生邪念。酒的境界，一般都直上白云端，好酒凭借力，送我上天边。但，酒醉难避免，酒醒常流连。酒的意境，不在酒醉，而在酒醒。所以，今朝酒醒何处？一定要在杨柳岸，不能在交警身边。多好的美酒，多隆重的酒局，酒精是酒驾的天敌，与醉驾不共戴天。

有回白居易跟刘禹锡喝酒，俩人喝得比较美，还约了下把在哪儿喝。席间，白居易即兴送刘禹锡一首诗——闲征雅令穷经史，醉听清吟胜管弦。更待菊黄家酝熟，共君一醉一陶然。刘禹锡如获至宝，起身就要策马回家。白居易赶紧拦住：不要酒骑，找人代骑，喝酒不骑马，骑马不喝酒，君不见，昔日阮籍喝醉了，骑骡子乱闯，被交警查出醉骑，拘了半年？刘禹锡说：没事儿，有你这诗呢，交警还敢查？您可是唐朝第三大诗人哪！白居易劝道：驭者一口酒，亲人两行泪，生命为重，生命为重！

九五　叫酒

又到了“面朝苦海，春暖花开”的季节，酒量就像“荷尔蒙”跃跃欲试。我们的心中都有一杯苦酒，在苦海里泡大的老干葱，特别能喝苦酒，把苦酒倒出来，用苦酒把别人灌醉，别老把痛苦留给自己。

春天，是叫酒的季节。狗子写了篇《酒战士老弛》，讴歌张弛的“叫酒精神”。我跟张弛、狗子比较能喝到一块儿，但我们仨几乎没单独喝过，总是大局上相见，然后三足鼎立，三分天下。

我们仨不能单独喝，因为我们仨比较相似，知根知底。我们仨单独喝酒或许只有两种结果：一、谁也不理谁；二、互相抽大嘴巴。

所以，在只有跟其他人士相聚的场合，我们仨才会同时出现，同时喝酒，然后锵锵三人行酒令。

张弛是一个劝酒天才，尤其是劝女孩，他的一半才华用于劝酒，另一半才华用于写作。他在口若悬河劝女孩喝酒时，女孩一般都禁不住劝，会喝下“悬河”一般多的酒。比如，当一个女孩不想喝了，想撤了，经常说：我要回家了，今天还得写稿呢。张弛说：你要不写稿，就过不了今天吗？女孩又说：我明天还得上班呢。张弛的话早等着呢：你明天要不上班就没明天吗？

今天不写稿，明天不上班，现在就喝酒，这世界能把你咋着！写出来的稿也没人看，上班也创造不出劳动价值，不如喝会儿酒，聊会儿天，没准儿三观从此明朗。

狗子喝酒初期比较腼腆，冲到极限时容易产生荒诞的肢体语言，其柔韧性有点像米兰斯卡拉大剧院那些专业舞者。所以，我们现在都控制喝酒的火候，经常在狗子还差一杯就冲高时，戛然而止，撤！弄得狗子抓耳挠腮感觉还没尽兴。

我叫酒的风格介乎张弛与狗子之间，没他俩那么鲜明。我不太爱劝女孩喝酒，也不爱阻止女孩回家。但有时喝嗨了，也深一句浅一句把女孩劝得五迷三道。任何男人喝高兴了，都不希望女人马上撤，这不是说男人不惜香怜玉，而是男人一半喝酒为女人，希望女人捧个场，男人另一半喝酒因为酒好喝。

有一次，局正到兴头上，一女孩要撤，我立马阻止：你可不能撤，你要一撤，大家军心浮动，都要撤，这局不就散了？你必须有团队精神。女孩说：我跟你又不是一单位的，要啥团队精神？我说：坐在这个酒桌上，大家就是一个团队，就要团结一心众志成城顶到最后。女孩说：我再喝就多了，回不了家了。我说：是回家重要还是喝酒重要？女孩说：当然回家重要。我说：那你怎么出来喝酒？你出来喝酒，就视同喝酒重要，既然能出来，就一定能回去，来，先把这杯干了，再说回家的事儿。

那天一个刚从英国回来就被张弛办高的女海归，觉着特没面子，择日要跟老弛叫把酒，决一公母。我把她叫酒的宣言转达给老弛，老弛兴奋得鹤舞白沙，心灵飞翔，手舞足蹈地说：兵来将挡，水来酒扛，我要看看她小肚子里到底能盛多少酒？

九六　出拳

好久没出拳了，但我二十年多前学会的划拳，仍可于酒桌上一战。

那天大老黄在“小贵州”组了个书局，盛邀大家给她写书评。许久未见的张弛，上来就介绍他的“能力有限公司”，并隆重推举狗子做他们“能力有限”的“西一欧”。

我刚夸完苗炜是典型的“发乎礼，止于礼”的“扑怀狂闪”型男人，狗子就冲上来叫拳，让我2比0迅速摆平。接下来轮到张弛，弛老的拳是我教的，但他青出于仙胜于仙，在我们多次交锋中，我负多胜少，不过这一次，我以2比1险胜。老六接着冲上来叫板，让我2比0完胜，老六不服，说要五局三胜，我说七局四胜你也没戏，果然“海淀名媛”老六惨遭我4比0“零封”。不曾料到，饭局上阴着一匹黑马，就是大哥全勇先，后来他当《悬崖》编剧出名之后，人们都叫他白先勇。全勇先气势如长虹桥，我被他2比1力挫，爆出了类似费德勒被法国小将加斯奎特击败的冷门。

现在北京人已经很少划拳了，拼酒的时候都玩骰子。我的骰子一直玩不好，因为我老走极端，不是说真话，就是说假话，别的话不会说，真话假话也不会混着说。一旦被摸清规律，我就会“逢骰不胜”。

不过，划拳还算是我的强项，1986年，黑大春在圆明园福海教会我划拳之后，我的拳术猛长。那时，《诗刊》编辑部还在虎坊桥，我每回来此投稿，都要去虎坊桥十字路口旁边的小饭馆喝点吃点。这家饭馆云集南城划拳高手，说得快，划得快，喝得快——哈酒哈你，三三有你，六连连你，巧七没你，四来财，财四季，四季四季四季，财四财四财四！酒令气壮山河，快拳风驰电掣，我端的看呆了，经常长时间目不转睛看着这些南城拳王，激战正酣。

划拳讲究三快，嘴快、眼快、手快，如果两人拳逢对手，那将是一场泰森与霍利菲尔德或者陆小凤与西门吹雪之间的好胜负。再如果对手之间拳语铿锵、韵律澎湃，将不逊于任何一首元曲小令。划拳特练反应，大脑高度集中，拳拳之心环环相扣，思维判断如潮汹涌。有点像周杰伦的《将军》——我手指放松，我目光如龙。当敌人是空，我战法无穷。我攻势如风，用单车入宫。我左右开弓，我气势如虹，将马炮尽用。

如果你写诗不会押韵，就先学划拳，此拳一出，江湖惊动，从此你表达干脆，朗朗上口。

九七　一刀

1998年，作家出版社出了我的第一部随笔集《一刀不能两断》，我在感谢之余，又不能容忍，怎么就可以把我500本库存的书粉碎成纸浆，使我在世间少了500个读者呢？正如张弛所言：作家从来就没把别人当作家，他们特想把自己当作家，可作家出版社竟然没出一个作家。我对张弛说：还有一个作家，是我染姐。张弛说：陈染是成为作家之后去的作家，给作家拔份儿的。

2005年，在中国文学青年集体呼吁加忽悠之下，呼声是再版我的《一刀不能两断》。可作家出版社对我说，再版我的书毫无新意。我当时就急了，我要没新意，生活还有什么意义？从生于五十年代到生于九十年代，在北京想往文化圈混的和想从文化圈撤的都憋着想再看一眼这本书。就算您老人家不再版，架不住我有网络，网络不成，我还有手抄本。

于是在2005年初夏的“卑鄙废死”，在“卑鄙废死”V12号包房中，一个二十三岁的女孩给我送来了她七年前在三联书店买的《一刀不能两断》，我立马就给作家出版社的发行商拨去电话。我说：你过来一下，看看大仙1998年的那一刀，至今还在紫禁之巅呼啸。

那时候没有babyface，但那时候已有三里屯北街。那时候三里屯的销酒小姐，人手一册“一刀”，却不为蝇头小利折腰。

从1992到1998，我的一刀，横在人生的要道。

很多人想迈向人生，必须经过我这《一刀不能两断》中的一刀。不是我牛逼，而是逼本来就很牛。

于是，为了再版，我在坊见遍寻《一刀不能两断》。很多人不理解，你自己写的书为何不留？我回答：我从来不留自己的书，多留一本，就少一个读者，我永远把我的书送光。

那晚，一个七年前十六岁的女孩，带着她那时买的《一刀不能两断》，来到“卑鄙废死”，在“布莱克雷伯”的阵阵酒意中，把一刀反送给我。我说：我如今已经二十不着四六了，你还坚持一刀不能两断？

她说：你再怎么不着四六，时光仍然悠悠。

我翻开“一刀”，看到我1994写的《灵魂在高处》，当时一个北大女生对我说：北大在校生中，凡是有灵魂的，都喜欢你这篇随笔。

要不我如此热爱北大？这所院校的人们，一直顽强固定着灵魂的位置。

后来，我这篇随笔被《青年文摘》转载，一度成为青年朋友的导航。

作家出版社已决定不再版了，把再版的空间拱手相送。《一刀不能两断》，它的潜规则就是“人在江湖飘，谁能不挨刀”。

在人生的大面极肉之中，缺的就是一刀。一刀不能两断，那一刀还起什么作用？

所以，决定再版，天下有的是地方再版。

九八　一场大酒一阵断片

有时候，失忆是一种幸福，因为记忆比较脏，而回忆又比较疼，干脆把自己在酒桌上整大了，喝断片了，把这个人生抛到六环之外，把这段人生扫荡到京津塘低速的第五个出口。

每逢年底，追求的就是底蕴，彰显的就是底气，抬高的就是底价，刷新的就是底线。我们的底蕴，永远用来决战年底，在我们2012的底蕴中，2013算个屁！

我认识的妹妹们，开始进入状态，正往2012不靠谱的年底冲刺。她们冲大酒，煽生命，玩惨烈，斗灵魂，她们已提前抽中2013的大嘴巴。

我喝过不少大酒，在大酒中也曾断过数回。谁出门奔局的时候，都不想喝大了，谁喝大的当口，都不想断片来得迅猛。但是，你屁股一旦落在座位上，女服务员白皙的手把白酒斟到你的白酒杯中，文艺女青年白皙略带红晕的脸庞洋溢着热情，一句“哥，这酒怎么喝？”，于是乎，一切就由不得你了。

此时你不喝高，还能高风亮节吗？此际你不断片，还能断了尘世俗念吗？一场大酒一阵断片，正是酒鬼必赴的境界！你可以不是酒鬼，但你碰上了酒鬼，就被带到酒鬼的酒气中。所谓酒鬼，就是喝酒的时候成了鬼。

二十年前，从沙滩到东大桥，我迎来送往过多少喝断片的杰出女酒鬼，我经常在沙滩的地摊边，在东大桥的桥墩下，给她们朗读貌似张信哲他哥张镐哲的作品——《酒醉以后你会想什么》：

> 莫非你也喝醉了，醉得好难过，为什么今夜你特别的醉？在我心里面你永远都是个谜，期盼酒后对我吐真言。

有个姑娘曾对我说：我吐的那一地，你扒拉扒拉，里面难道没真言吗？

我还真用树枝去扒拉扒拉，她吐的那一地里面果然有一句箴言，分明是培根说的那句铿锵有力的名言——酒精就是力量！

1999年，在圣诞的88号，一个喝大断片、续片又大的妹妹立在寒风艳舞的幸福二村，让我只穿一件自伦敦瑞金街花24.99英镑买来的“扒剥锐T恤”，陪她在三里屯零下5度的寒夜中完成了一次光芒骇舞。

妹妹断片了，我没断片，我记得她当时整个把唐诗大闷骚李商隐灭得无地自容。她说：锦瑟没端五十弦，你鸭就别给我端着了！我说：一弦一柱撕华年，你丫找我撕你的华年呢？

年底，老有妹妹约我往断了喝，我说，好，咱别指望断天涯路，咱还要喝断天涯路！

九九　对酒当哥苦逼真多

对酒当哥，我是你哥。你没辙，需要哥；我更没辙，才当你哥。

对酒当哥，苦逼真多。将就过，凑合活。不行就自虐，要不就学佛。

对酒当哥，哥很落魄。望着妹幽深的眼窝，哥好似挣扎在旋涡。

先别叫哥，吃口菜，把酒喝。哥给你点不起燕窝，粉皮儿里加点儿芥末，这个实力还是有的。

给妹当哥，先听听哥的传说，哥从你还没生下时就落魄，把光阴蹉跎成坎坷，把岁月消磨成寂寞，寂寞的背后是磨叽。所以哥，容易得逼得。

哥对生活一直困惑，理想方面有些脆弱，价值观上极为失落，怀疑人生走火入魔。

服务员，点菜！一聊就忘了点菜，光吃点儿凉粉哪能扛得住生活？

哥给妹点菜，点个干锅，干锅里加点儿鲜蘑，鲜蘑里洒点儿肉末。一个菜不够啊，还得点，再来个清炒胡萝卜、西芹百合炒腰果，差不多了，不够再要，哥电脑包里还有鸭脖。

对酒当哥，跟妹喝二锅，情感开始交错，内心有些顿挫。我空手一摸，光阴飞过……

妹对哥说：哥又开始感慨了。还真被妹说中，哥突生感慨，而且万千——

有没有那么一首歌，会让你轻轻跟着和，随着我们生命起伏，一起唱的主题歌？有没有那么一首歌，会让你突然想起我，让你欢喜也让你忧，这么一个我？

妹妹还真跟着和：我们的故事爱就爱到值得，错也错得值得，是执着是洒脱，留给别人去说。用尽所有力气不是为我，那是为你才这么做，关于你好的坏的都已经听说。

要出事儿了，必须往回扳。哥真是个传说，遥远的传说，传说中的过客，过客中的二货。妹举起二锅，敬我这枚二货：我哥，来喝，我把过客当贵客，我把二货当奇货。

不可，万万不可！妹当你叫我哥，哥就一阵哆嗦。哥经历过“文革”，思想很左；又经历过改革，精神失落。哥最近想爱国，爱着爱着就爱上第三者；哥最近想堕落，堕着堕着就犯前科。哥遇见你，你碰到哥，会不会是一个转折？多少人生就在转折中被折。你给我净当妹，我给你纯当哥，各钻各被窝，各写各微博。

你微信多少来着？是不是经常在朋友圈刷屏老卖货？

一〇〇　老男人在山丘上坚持

圣安东尼奥马刺队三十九岁的21号新秀蒂姆·邓肯，曾经在一次比赛后对新奥尔良鹈鹕队二十二岁的三年级中锋安东尼·戴维斯说出一句心灵鸡汤——我已经老了，未来属于你。大叔们劝小孩儿，一般都是这句话——我们都老了，中国属于你，你们不要再闹了。目前，年过半百的大叔们，有一些还在山丘上坚守，坚守的比较出色的是——李宗盛！

他的《山丘》，在崇山峻岭、层峦叠嶂中上反复传唱——我没有刻意隐藏，也无意让你感伤，多少次我们无醉不欢，咒骂人生太短，唏嘘相见恨晚，把女人办了之后——也不管！不好意思，貌似我改了其中一句歌词。

前段时间，李宗盛完成了《既然青春留不住，还是做个大叔好》的限量版北京演唱会，从小伙到大叔，李宗盛存在感极强的歌声，将我们从青年带进中年，他的音乐就像时光隧道中一束不朽之光，在漫长岁月中稳稳地控制住了我们。十几年前，李宗盛从台北转移到北京之后，跟北京的哥们儿聚着喝酒的机会开始多了。人们管李宗盛叫大哥，宗盛老师确有大哥范儿，那种洒脱随性的风格，比较平易近人，纯粹到具有满满的亲和力。

传说中，台湾歌坛三大悍将，陈升是“红酒王”，齐秦是“白酒王”，李宗盛则是“洋酒王”，也就是“威士忌王”。酒吧中，大哥李宗盛好饮威士忌，他独喝一瓶威士忌没有问题，并且绝对不会兑红茶、绿茶之类的饮料，纯属加冰净饮。大哥喝美的时候，你要跟他聊他比较得意的作品《阴天》——爱情究竟是精神鸦片，还是世纪末的无聊消遣？这是一种衔接二十世纪与二十一世纪都市情感的经典，要没有《阴天》，莫文蔚肯定还在晴天徘徊呢。如果你喝着喝着突然背出大哥最豪放的歌词——如果有人将今夜写成歌，我就放胆把南风当酒喝！李宗盛一准儿兴奋地高喊：小姐，再给我们开一瓶威士忌！

在工体北门对过的一条小巷子里，当年有个文艺界人士老爱混的地儿，叫幸福花园酒吧，我在这里曾跟李宗盛撅过一瓶芝华士，感觉没喝够，又开了一瓶杰克丹尼。得此机会，我便向大哥讨教一些音乐上的问题。我说：你《生命中的精灵》中有句精灵般的歌词——我所有目光的焦点，在你额头的两道弧线。大哥说：这是我写给一位女朋友的。我说：听这歌的时候我不到三十，经常仔细端详女孩子的额头，看看有没有两道迷人的弧线。不过，有时也会被人家误认为是“臭流氓”！大哥大悦，说——那必须碰一杯。

我接着说：你《风柜来的人》中第二段第一句歌词特牛逼——青春正是长长的风。当年中国有位年轻的女子象棋国际大师，为中国夺得了第一个国际象棋女子世界冠军，我用你这句歌词做标题，为谢军的夺冠之路写了一篇“大特写”，获得北京市好新闻奖。大哥说：看来你把《生命中的精灵》这盘专辑给听透了。我说：不过，在跟女孩子们聊人生的时候，改了你一句词。大哥问：哪句？

我说：你像个孩子似的，要我为你写首诗。大哥说：知道你是写诗的，可以改。

接下来我问大哥：你跟奶茶刘若英熟不熟？大哥说：还行啊，蛮熟的。我说：她有首歌让我听得有些恍惚。大哥问：哪首？我说：就是哪首《后来》——后来，我总算学会了如何去爱，可是你早已远去，消失在人海。大哥问：这有什么问题？我说：奶茶为何一上来就后来？那之前都发生了什么？大哥大笑：这是个好问题，我遇见奶茶一定要问问她，那之前你都做什么去了。我说：《遇见》不是奶茶唱的，是孙燕姿——我遇见谁，会有怎样的对白？我等的人，他有多远的未来？我听见风来自地铁和人海，我排着队，拿着爱的号码牌。大哥直乐：哈哈，你太有意思了，来，再喝一杯。

下回如有机会跟李宗盛再喝，我准备给他朗诵《山丘》的歌词，当我们从文艺青年成长为文艺大叔之后，贵在坚持，跪在山丘上坚持，准备越过山峰——越过山丘，才发现无人等候；喋喋不休，再也唤不回温柔……

漫天苍茫中，老男人坚守山丘，在坚守中坚持到底！什么到底？人的那口气，需要到底！